第一章　背高火鉢

一

「ほら、桃子《ももこ》、忘れたの？　ばあばでしょうが」

桃子はほとんど無理やり、桃太郎《ももたろう》の妻である千賀《ちか》[illegible]しまった。

それでも泣かずに、大きな目でじいっと千賀を見つめた。

「ほんとに可愛いわねえ」

千賀はしみじみと言った。いまにも食べてしまいそうで、桃太郎も気が気でない。

「ばばば」

桃子もなにか言った。

「あ、いま、ばあばって言ったんじゃないの」

千賀は目を丸くした。

「ばあばなんて言ってないだろうが。ただ、口を鳴らしただけだ」

桃太郎がわきからそう言うと、

「あらあら、じいじは意地悪ですねえ」

と、桃子に言った。

「ほんとに可愛いのね」

仁吾《じんご》の嫁の富茂《とも》が、どうしてもお愛想に感じてしまう調子で言った。

桃太郎はその富茂のようすに、ずっとヒヤヒヤしているのだ。仁吾の子だとわかって言っているのだろうか。

「さて、帰りますか。桃子、またね」

千賀は桃子を下ろすと、

「では、お邪魔さま」

と、立ち上がった。

「こんなむさくるしいところに、わざわざありがとうございました」

珠子《たまこ》がそつなく挨拶した。

「では、お前さま。傘はいただいて行きますよ」

「あ、ああ」

桃太郎は情けない思いでうなずいた。

二人が路地を出て行くのを見送って、

「いきなり来たのか？」

と、桃太郎は珠子に訊《き》いた。

「はい。驚きました」

「いったい、どういうつもりだったのかな？」

「これ、桃子に暖かい着物でもって」

小判一枚を置いて行ったという。

「怒ってたようすはないよな？」

「ええ。奥方さまもごいっしょでしたね」

「そうなのさ。だが、あの嫁が桃子のことを知っているはずがないのだ。もし知ったら、いまごろ千賀といっしょにいるわけがないどころか、息子三人を連れて、実家に帰ってしまうはずだ」

「まあ」

「ほんとに、どういうつもりなんだろうな?」

桃太郎は動揺が激しすぎて、いつものように頭が回らない。

黙ってなりゆきを興味深そうに見ていた蟹丸《かにまる》が、

「事情はよくわかりませんが、愛坂《あいさか》さまも慌てることがあるんですね」

と、言った。

「いや、こんなに慌てたのも久しぶりさ」

桃太郎は大きくため息をついた。

昼飯を卯右衛門《うえもん》のそば屋で食べたあと、やはり駿河台《するがだい》の屋敷に行って、千賀に問い質《ただ》すことにした。

屋敷には、潜り戸《くぐど》からこそこそ隠れるようにして入った。

裏から回って母屋《おもや》に入ると、千賀と富茂の声も聞こえる。笑い声が混じったりして、胸の奥はわからないが、いちおう和気あいあいといったところである。

ようすを窺《うかが》っていると、やがて話が終わったらしく、富茂は自分たちの住まいのほうにもどって行った。千賀がいるのは、いちおう隠居した桃太郎が暮らす東側の一画である。あるじである倅《せがれ》の仁吾と嫁と子どもたちは、西側のほとんどを使っている。あいだに仕切りのようなものはないが、台所や厠《かわや》は別々で、風呂だけは共有している。

「おい」

桃太郎は、千賀の道楽用の部屋にそっと顔を出し、声をかけた。

「あら、お前さま。いつ、いらしてたのです？」

「そんなことはどうでもよい」

「泥棒みたい」

と、千賀は笑った。

「……」

明らかに悪意がある。

桃太郎はむかむかしてくるのを堪《こら》えて、

「なんで富茂をあの長屋に連れて来たのだ？」

と、訊いた。

「だって、そうでもしないとまずいことになりそうでしたから」

「富茂がなにか嗅《か》ぎつけたのか？」

「というか、お前さまが孫のような赤ん坊を背負って、町を歩いているという話を聞き込んだのですよ」

「まったく」

どうして余計な告げ口をするやつがいるのだろうか。

「目立つのですよ。いい歳した武士が赤ん坊を背負って歩いていたら」

「……………」

「その子が仁吾の子どもだと知れたら大変なことになりますからね」

「ああ」

「そこで、あたしは一計を案じ、若いときにお前さまがよそで子どもをつくって、それが珠子だということにしたのです」

「珠子がわしの子だと？」

それはまた、とんでもないことを言い出したものである。

「ええ。それで、その珠子が子どもを産んだので、お前さまにとっては孫になるのだと説明したのです」

「はあ」

「矛盾はないでしょ」

「富茂は納得したのか？」

「そういえば、どことなく面影《おもかげ》があるって」

「そりゃあ、あるだろうよ」

「珠子がですよ」

「珠子が？」

「あたしも言っているうち、それがほんとのような気がして」

「馬鹿な。だが、仁吾は知っているのか？」

「そういうことにするからと、言い聞かせておきましたよ」

「珠子も急に来たので驚いていたぞ。前もって報《しら》せておけばよかっただろうが」

「そうですけど、珠子ならどんなふうにも機転を利かせることができるだろうと思いましたし」

「わしにもだ」

「お前さまは報せようにも出歩いてばかりで摑まらないじゃありませんか」

「……………」

その点については返す言葉はない。

だが、とりあえず危機は脱したらしかった。

二

坂本町《さかもとちょう》の長屋に帰って、珠子に千賀の一計とやらを説明した。

「ああ、なるほど。おばばさまも考えましたね」

「だが、あんたはわしの隠し子ということになってしまった」

「面白いですね」

と、珠子は屈託なく笑った。こういうところに、珠子の度量の大きさを感じてしまうのだ。じつにたいしたおなごである。

「ま、とりあえず嵐は避けられたので、よかったよ」

「でも、傘の件が新たな火種にならないといいですけどね」

「……………」

そういえば、帰るときに千賀が蟹丸を見た目が、やけに鋭かった。

そこへ、

「どうも、ご免ください」

大家の卯右衛門が顔を出した。

「お、どうした？」

「いえ、階段の戸というのを、まだ見てなかったもので」

「うむ。それだよ」

卯右衛門は、階段の前につくられた扉を見て、

「あ、これはよくできてますな」

「どうだ、これで安心だろう」

「まあ、多少変な感じはしますが、二階に行く心配はありませんね」

卯右衛門は、呆《あき》れたみたいに笑った。

「うむ。ところがだな、第二の心配が出てきてしまったのだ」

「第二の心配？」

「ほらほら、あれだよ」

桃太郎が桃子を指差した。

桃子はにこにこ笑いながらハイハイしていたが、長火鉢《ながひばち》のところに来ると、角に手をかけ、ゆっくり立ち上がった。

「おう、上手に摑まり立ちをしましたな」

「そうなのだ。ところが、長火鉢にはどうしたって鉄瓶《てつびん》をかけておくわな」

「ははあ」

卯右衛門も事情を察したらしい。

「鉄瓶のなかの湯が沸騰して、蓋《ふた》がちんちん鳴っててみな。桃子は玩具《おもちゃ》と間違えるぞ」

「それはまずいですね」

「まずいだろう。いまはまだ、背丈と手の長さが足りなくて、鉄瓶のところまではぎりぎり届かないのさ。だが、まもなく届く。それを想像したら、わしは居ても立ってもいられなくなる」

桃太郎がそう言うと、

「桃子だって、熱そうだっていうのはわかるんじゃないでしょうかね」

と、珠子が笑いながら言った。

「それは、一度、体験したらわかるだろう。桃子は賢いからな。だが、その一度のとき、ぺたっと手のひらをつけてしまったら……」

桃太郎は、自らが劫火《ごうか》で焼かれるような顔をした。

「どうも、心配の種は尽きませんなあ」

「当たり前だ。しかも、桃子がまた、人並み外れて活発でな」

「そうですな」

「将来、軽業師《かるわざし》になりたいとか言い出したらどうしよう」

「……」

「ちょっと目を離すと、違うところに行っているんだ」

「ははあ」

「ほら、よく子どもが遊んでいるだろう。鬼が、『だるまさん、かおあかい』とか言っている隙にパッと動くやつ」

「はいはい。あたしが子どものころは、『ぼうさんの、おじょろかい』でしたけど」

「それは凄《すご》いな。文句はどうでもいいが、まさにあれみたいなのだ」

「たしかに桃子ちゃんは動きが速いですな」

桃子のようすを見ていた桃太郎だが、

「そうだ、縁《ふち》の周囲に台をつければ、桃子が手を伸ばしても届かないな」

ぽんと手を叩いて言った。

「縁に台をねえ。そこまでやりますか」

と、卯右衛門は呆れるばかりである。

「長火鉢って誰がつくるんだ？」

「指物師《さしものし》でしょう。あたしの知り合いにもいますよ。腕のいいのが」

「どこにいる？」

「本材木町《ほんざいもくちよう》の一丁目ですよ。指物師も、材料の調達に便利な木場《きば》のほうに移った者も多いんですが、矢次郎《やじろう》というその男は、得意先が多いので残ってます」

「連れてってくれるか？」

「いいですとも」

「じゃあ、桃子。お前が火傷《やけど》なんかしないよう、じいじが手配してくるからな」

出かけようとした桃太郎に、

「新しくこさえるんですか？」

と、珠子が訊いた。

「そのほうがいいだろう。わしの火鉢が瀬戸物だから、それはわしが使うことにするよ」

「はあ」

珠子も少し呆れたみたいである。

「その矢次郎とやらも、長火鉢よりは簞笥《たんす》をつくるほうが多いのだろうな？」

歩きながら、桃太郎は訊いた。

「いや、矢次郎は、長火鉢をおもにつくっているんですよ」

「そうなのか。だが、長火鉢など壊れるものではないから、そうそう注文はないだろう」

「そうでもないみたいです。長年使うと、どうしたって歪みが出てきたりしますし、流行《はや》りもありますし」

「長火鉢に流行りなんかあるか？」

まったく近ごろは、なんにだって流行りがある。そのうち流行りだからと、朝日が青くなって出て来るかもしれない。

「ありますよ。いろいろ引き出しがついていたり、色も昔は真っ黒だったのが、近ごろは薄くなってますでしょう」

「ああ、確かにそうだな」

桃太郎はうなずいた。女の所帯で、しかも三味線《しゃみせん》を教えたりするのだから、小《こ》洒落《じゃれ》たものにしてやるつもりである。

「あ、ここです」

卯右衛門は足を止めた。

間口は三間ほどで、店の入口には、仕上がった長火鉢が五つほど、斜めにして並べられている。

「おう、卯右衛門さんじゃないか」

なかほどで、作業をしていた矢次郎が、声をかけてきた。

「うん、お客さまを連れて来たぜ」

「それはすまねえな。どうも、どうも」

と、矢次郎はだらしない笑みを浮かべた。こんなだらしない笑みを浮かべても、職人としての腕は確かだというから、人間はわからない。そういえば、桃太郎も、子どものころよく、どう見てもろくなやつにはならないと言われた。

「じつは、ちと変わった長火鉢をつくってもらいたくてな」

「変わった長火鉢？」

「別に玉虫の羽根を貼れなどとは言わぬぞ。こういうわけでな……」

と、可愛い孫への心配を伝えると、

「なるほど。それはいいことを考えましたね。じっさい、子どもの火傷は多いんですよ。なるほど、周りに台をね。そうすりゃ、そこで飯を食ったりもできますな」

「そうだろう」

「いや、それはいいですよ。これからそういうのをつくれば、欲しがる人は増えるんじゃないですか。そのお考え、真似《まね》させていただいてよろしゅうございますか」

「もちろんだ。世の中から、火傷する赤子が減ったら、そんな嬉しいことはない」

このやりとりに卯右衛門は、

「へえ。やっぱり愛坂さまはたいしたもんですなあ」

と、感心し、

「矢次郎。この愛坂さまは、謎解き天狗《てんぐ》と呼ばれていてな」

などと、また余計なことを言った。

「謎解き天狗？」

「そう。どんな奇妙なことでも、その裏にある秘密を明らかにしてしまうのだ」

「へえ。じつは、うちにもいまひとつ、謎があるんですがね」

桃太郎は訊くんじゃないと言おうとしたが、

「どんな謎？」

卯右衛門が訊いてしまった。

「ほら、そこに妙な長火鉢があるだろう」

矢次郎は後ろを指差した。

じつは、桃太郎もさっきからおかしな長火鉢だと思っていたのだ。

「ほんとだ。ずいぶん背が高いな」

「だろう。高さが三尺もあるんだ」

「やっぱり、赤ん坊の火傷を心配した親が？」

「そうじゃないよ。だいたい赤ん坊の火傷は防げても、こんなの使いにくくてしようがないじゃないか」

「ほんとだ。注文した人に訊いたのかい。どういうわけで、こんなのをと？」

「訊いたけど、職人は客の内情を訊くべきではない。注文どおりにつくってくれたらいいと叱られちまったよ」

「へえ」

「背が高いだけでなく、かなり凝《こ》ったつくりだろ」

「ほんとだ」

透かし彫りの細工まで入っている。

「流行りってことはないのか？」

と、桃太郎が訊いた。

「いや、こういう流行りはないでしょう」

「なんなんですかね？」

矢次郎が訊くと、

「矢次郎。謎解き天狗さまに、ただでお願いするなんてことはないよな」

卯右衛門がわきから言った。

「あ、もちろんそんな失礼なことはしないよ」

矢次郎がそう言うと、卯右衛門は店の奥に上がり込み、二人で指を出しながら相談すると、

「愛坂さま。大丈夫です。桃子ちゃんのためにも、ぜひ、この謎を解いてやってください」

「桃子のためにな」

なにが桃子のためになるのかはわからないが、桃太郎は勢いに呑まれて、この謎を解く羽目になった。

三

矢次郎の店を出て、海賊橋《かいぞくばし》のところまでやって来ると、北町奉行所の与力森山《もりやま》平内《へいない》たち一行が、坂本町のほうから渡って来たところだった。

森山は、ちらりと桃太郎を見て、そのまま通り過ぎるつもりかと見えたが、ふと足を止めて、

「おい、そば屋」

と、卯右衛門に声をかけた。相変わらず態度は横柄《おうへい》で、与力は将軍から五番目くらいには偉いという顔をしている。

「は、はい」

卯右衛門は思わず首をすくめた。

「中山中山《なかやまちゅうざん》からはなにも連絡はないか？」

「はい。ありません」

「あれはそなたの店子《たなこ》だ。そなたにも責任はある。知らぬ存ぜぬでは済まぬからな」

「せ、責任と申しますと？」

「あやつは、消えたエレキテルで、この江戸に災厄をもたらそうとしているのだ。エレキテルが見つからなかったら、あんなものを長屋でつくらせたそなたにも、当然、責任はあるだろうが」

「そんな」

「罪人になりたくなかったら、そなたも中山中山の居場所を探し回ることだな」

森山はそう言って、日本橋《にほんばし》のほうへ去って行った。

桃太郎に対しては、会釈はもちろん一瞥《いちべつ》だにしなかった。ああいう無視の仕方をするやつは、人間の器が小さいのだ。人の上に立つ者の人間の器が小さいと、下にいる人間たちはやり切れない気分になる。

しかも、〈北条屋《ほうじようや》〉のしくじりは江戸中の人間が知るところとなり、なんとか手柄を立てたくてやっきになっているのだろう。

森山一行を恐る恐る見送って、

「凄い剣幕でしたな」

「ああ。まったく中山中山がエレキテルで災厄をもたらすつもりだなどと、いちゃもんにもほどがある。ああして世のなかの進歩を妨げ、逆に不幸をつくっていくのさ」

桃太郎は、うんざりしたように言った。

だが、桃太郎は心配になってきた。中山中山は根がのんびりした男だから、町方が捜しているのにのんびりそこらを歩いたりしているのではないか。

あまり出歩かないよう、注意してやりたい。

――隠れ家を訪ねるしかないか。

中山は、霊岸島《れいがんじま》の酒屋の蔵にエレキテルを預かってもらっていると言っていた。であれば、自分の身もそこで匿《かくま》ってもらっているのだろう。

霊岸島の新川《しんかわ》沿いは酒問屋が多い。一つずつ当たれば大変だが、通りをゆっくり歩けばなにかぴんとくるものがあるかもしれない。

桃太郎は、霊岸島に行ってみることにした。

坂本町から霊岸島まではすぐである。

霊岸橋を渡り、新川沿いに出て、ゆっくり歩いた。

蘭学者の羽鳥六斎《はとりろくさい》の弟子の一人が、霊岸島の酒屋のあるじと言っていた。蘭学の弟子になるくらいだから、たぶん若いはずである。しかも、蘭学を学ぶくらいだから、商売も旧態依然《きゅうたいいぜん》としているのではなく、どこか新しいことをしているに違いない。

　そんなことを頭に入れ、店先を眺めた。

　——ん？

　ようやく足を止めたのは、大川《おおかわ》への出口が近いあたりだった。〈南洲屋《なんしゅうや》〉と看板を掲げた店である。

　店先にいる旦那らしき男が若い。まだ三十前後といったところだろう。若旦那かと思ったが、手代が「旦那さま」と声をかけたから、やはりそうなのだ。

　客への挨拶の仕方がいかにも屈託なく、挨拶などもてきぱきとしている。

　さらに気になったのは、店の奥である。酒樽《さかだる》と並んで、ギヤマンの瓶が十本ほど並んでいる。あれは南蛮酒ではないか。

　すぐになかへ入ったりはせず、店の前でしばらく観察した。

　もう暮れ六つ（午後六時ごろ）が近く、次第に薄闇が訪れてきている。

　すると、見覚えのある男が一人でやって来た。こそこそというのではないが、後ろを振り向いたり、警戒しているようすである。

　桃太郎は、すばやく近づいた。

「羽鳥さん」

「え？」

羽鳥は一瞬、ぎょっとしたようだが、すぐに、

「ああ、愛坂さま」

と、笑顔になった。

「やはりここか。中山中山が隠れているのは」

「そうなのです。よくおわかりに」

「霊岸島の酒屋のあるじが、羽鳥さんの弟子で、エレキテルを預かってもらっているとは聞いていたのさ。それで当たりをつけたら、やはりそうだったな」

「それだけで？　さすがは愛坂さま。いま、ご案内しますが」

と、周囲を見た。

「大丈夫だ。怪しい者はおらぬ」

桃太郎はすでに確かめてある。

「では、こちらに」

と、店の横の路地に入った。

裏手は蔵になっていて、蔵は二棟が縦に並んでいる。その手前のほうの入口で、

「中山さん。××××」

と、羽鳥がなにかわからないことを言った。蘭語《らんご》らしい。

すると、いかにも頑丈そうな扉が開き、

「羽鳥さん。待ってた……あ、愛坂さま」

「店の前でお会いしたんだ」

と、羽鳥が言った。

「よく、ここがおわかりで」

中山がそう言うと、

「わたしも感心したのさ」

と、羽鳥は言って、桃太郎の背中を押した。

なかは酒樽が片方に積んであるが、十畳分ほどの空きがあり、そこに若者が四人、小さい樽に座っていた。

「こちらは愛坂さまだ。いろいろ助けていただいている」

中山が皆に紹介した。

「フッデアボント」

「ハロ」

若者たちがそう言ったので、桃太郎も、

「フッデアボント、ハロ」

と、返した。

「え？」

中山が仰天した。

「愛坂さま、蘭語がおわかりなので？」

「いやいや、できるわけない。それだけだよ」

と、手をひらひらさせた。

「いま、蘭語の稽古をしてまして」

中山がそう言ったので、

「つづけてくれ。終わったら話すよ」

桃太郎は、壁のほうに下がって、そう言った。

「そうですか、では」

と、中山がなにか蘭語を話すと、それに羽鳥も加わった。

もちろん、桃太郎が聞いても、ちんぷんかんぷんである。

途中、日本語で、

「その発音では通じないぞ」

と、羽鳥が注意したりする。

どうやら異人と話す稽古らしい。

ふつうの人がゆっくり湯に浸かって出るくらいの時が過ぎて、

「お待たせしました」

と、中山がこっちを見た。

「いや、わからないが面白かった。蘭語というのは難しいのだろうな?」

「どうでしょう。ただ、異国の言葉を学ぶのは面白いですよ」

「そうだろうな」

もともと桃太郎は好奇心が強い。十四、五のころ、猫同士がしゃべっているような気がして、猫語を書き留め、話せるようになろうとしたことがある。それを思い出して、

「猫語よりは楽だとわしも思う」

「猫語?」

中山はきょとんとした。

「いや、なんでもない」

そういえば、猫語の稽古をしているのを父親に見咎《みとが》められて、ひどく叱られたものだった。くだらぬことをしている暇があったら、『論語《ろんご》』でも読めと。

だが、桃太郎は内心、論語と猫語とどっちが大事かは、いちがいにはわからないだろうと思ったものである。

それくらいだから、異国語を学ぶ若者に対しても、なんとなく応援してやりたい。

「それで、なにか？」

「うむ。じつは今日、北町奉行所の森山平内たちが、必死でそなたを捜し回っているところに出くわしてな」

「そうですか」

中山は眉《まゆ》をひそめた。いや、中山だけでなく、ほかの者も、森山という名に首をすくめたり、顔をしかめたりした。

「あやつはこのところいろいろしくじりをしていて、それを挽回《ばんかい》するため、そなたを捕まえたいのだ。おそらく、ほかの火付けだのなんだのまでおっかぶせてくるはずだ。いまは、ぜったいに捕まらないほうがいい」

「そうですか」

「ここで寝起きしているのか？」

「ええ」

「確かにここはいい隠れ家だ。いざというときも大川に逃げられるだろうし」

「そうなんです」

「ここからしばらくは出ないようにすることだ」

「出ないように……？　それは無理です」

「だが、危ないぞ」

「でも、どうしてもという用事がありまして」

「……」

危ないが、監禁するわけにもいかない。

桃太郎はくれぐれも気をつけるように伝えた。

四

翌朝――。
珠子から、気を入れて稽古しなければならないので、桃子を預かってくれと頼まれた。もちろん、この世でいちばん楽しい依頼だから、断わるわけがない。

背中におんぶして、大好きな舟を見せに行き、それから近所の犬をかまい、卯右衛門のところでウサギと亀と遊ばせてからもどって来ると、まだ珠子は稽古をしていた。もう一人の声もするので、ちらっとのぞくと、蟹丸も来ていた。

しかも、いつもの稽古とは感じが違う。

やたらと明るい感じの曲調で、

「はい、はい、はい、はい」

とか、調子のいい掛け声とかも入ったりする。

聞いていたら、桃子が、

「あう、あう、あう、あう」

と唄うみたいな声を上げ、足をぱたぱたさせる。

その唄が一区切りついたところで顔を出すと、

「おじじさま。長々とすみませんね」

と、珠子が詫びた。

「なあに。それにしても珍しい調子の唄を稽古してるんだな」

「そうなんですよ。じつは異人さん向けなんです」

「〈長崎屋《ながさきや》〉から依頼が来ましてね」

「異人さん？」

「なるほど」

長崎屋というのは日本橋北の本石町《ほんこくちょう》にある宿で、出島《でじま》のオランダ人が江戸にやって来たときに泊まる宿なのだ。そこからの依頼ということは、オランダ人を招待する宴《うたげ》でもおこなわれるのだろう。

「異人さんは、どうもしっとりだの、しっぽりだのという唄は駄目みたいなんです」

「ほう」

「できれば、いっしょに踊ったり唄ったりできるようなものがいいというので、蟹丸といっしょにいろいろ工夫してるんですよ」

「いやあ、いいんじゃないのかい。いま、桃子も、唄いたそうにしてたから」

「あら、そうですか」

桃子を下におろすと、ぱたぱたと珠子のところに這《は》って行った。

「だが、出島は懐かしいな」

と、桃太郎は上がり口に腰をかけて言った。

「あら、愛坂さま。長崎に行かれたことがあるんですか？」

「ああ、若いころだがな、三月《みつき》ほどいたことがある」

「三月も」

「出島のなかにも何度も入ったよ」

「そうなんですか」

とある旗本が見たことのない短銃を所持していたのがわかり、どうも南蛮渡来で長崎の出島からではないかと疑われ、その探索のため朝比奈留三郎《あさひなとめさぶろう》とともに長崎に潜入したのだった。

結局、長崎で南蛮渡来ではないことを確かめ、江戸にもどってから、その旗本が自分で苦労して改造をほどこしたとわかったのである。

長崎では、二人とも薬屋に化け、出島界隈《かいわい》をうろうろした。異人とも一度だけ通詞《つうじ》を通して話したことがあり、フッデアボントもそのときに覚えたのだった。

蘭語で「こんばんは」の意味なのだ。ハロというのは、「やあ」とか「どうも」とかいった調子で使ったはずである。

「カピタン（オランダ商館長）が来るのかい？」

と、桃太郎は訊いた。

「いえ、今度はカピタンではなく、若い人たちが何人か来られるんだそうです。それで、泊まるのは長崎屋ですが、料理は〈百川《ももかわ》〉がつくって運ぶんだそうで、百川の女将さんはもう慌てちゃって大変ですよ」

と、珠子が言った。

「なにを慌ててるんだ？」

「カピタンが来るときは、料理人もいっしょに連れて来たりするので、心配はないんですが、今度は来ませんので。しかも以前、オランダ人の料理をつくっていた板前さんが、今年の夏、急に亡くなってしまって、つくり方を書いたものはあるんですが、微妙な味加減がわからないって」

「ふうん。わしは、長崎で向こうの料理をずいぶん食べたがね」

「そうなんですか。おじじさま、それはぜひ、百川の女将さんに言ってあげたほうがいいですよ」

「そうなのか？」

「だって、オランダ人の料理の味を知っている人がいないかしらって言ってましたから」

「へえ。じゃあ、顔を出してみようか」

「朝比奈さまも？」

珠子が訊いたので、

「いや、留は駄目だよ。あいつは、オランダ人の食うものは気持ちが悪いって、青くなって吐いてたくらいだからな」

あのときのようすは思い出してもおかしくなる。匂いだけでも気持ちが悪いと、逃げ回っていたのだ。

「おじじさまは平気だったんですね？」

「わしは、こんなにうまいものはないと思ったよ。連中は、ほら、牛の乳から取れる脂《あぶら》があるだろう。飯に載せて、醬油《しようゆ》をかけて食うとうまいやつ」

桃太郎は、駿河台で飼っている牛の乳で、ときどきつくって食べている。

「ええ」

珠子は笑ってうなずいた。あれが駄目だという人がいっぱいいるのも知っているのだ。

「あれをよく使うんだよ。あれで魚の切り身なんか鉄鍋で焼いたりすると、そりゃあうまいもんだぞ」

「おじじさま。早く百川に」

珠子にうながされ、桃太郎は百川に向かった。ちょうど昼飯どきで、久しぶりにこってりした飯が食えるかもしれない。

五

「まあ、愛坂さまがオランダ料理を召し上がっていたんですか！」

珠子に言われたとおり、そのことを伝えると、百川の女将は小躍りして喜んだ。

「召し上がったというよりは、むさぼり食ったというほうが近いがな」

「いえね、いまも板前たちとさんざん頭を悩ませていたんですよ」

「そうなのか」

「あの人たち、豚が好きなんでしょ？」

おかみは声を低めて言った。

「豚も牛もニワトリも大好きだよな。だが、魚も食うぞ」

「はい。でも、十日ほど滞在するので、魚だけじゃ駄目でしょう」

「そりゃあ、肉を食いたがるだろう」

「じゃあ、ちょっと味見していただけます？」

「ああ、わしでよければ、五品でも六品でも」

桃太郎がそう言うと、女将と板前が喜んで、十品以上を持って来た。

「いやはや、これはごちそうだな」

ちゃんと量も十品食べられるくらいにして出してくれたので、ぜんぶ味見してみることにした。

「そうそう。オランダ人はこの汁を匙《さじ》ですくって飲むんだよ」

と、桃太郎は皿に入った汁から飲み始めた。

「ああ、ちょっと塩辛いかな」

「そうですか」

板前はかしこまって聞いている。

「でも、味はいいよ。野菜だのを裏ごしするんだろう？」

「そうなんですよ。味噌汁なんかと比べると、ずいぶん手間がかかりますよね」

「そうだよな」

そのかわり、やけに乱暴な料理もけっこうあるのだ。

「その豚の煮たやつですが、臭くないですか？」

女将が訊いた。それがいちばん心配らしい。

「どれどれ」

桃太郎は、豚肉を煮込んだ料理を箸でつまみ、口に入れた。これはたしか、朝比奈が一口食べただけで、真っ青になって吐いたやつである。脂身のところが、いかにもてらてらぬるぬるしている。

「ああ、これだ、これ。うまいよ」

「そうですか。臭くありません？」

「臭くなんかないよ。生姜《しょうが》かなんか入れたんだろう？」

「ええ。入れてます」

板前がうなずいた。

「出島じゃもっと臭いのも食ってたと思うぞ」

桃太郎がそう言うと、女将は板前の顔を見て、一安心という顔をした。

「うまいねえ、うまいよ」

桃太郎は久しぶりにむさぼり食った。鯛《たい》の切り身に小麦の粉をまぶし、牛の乳の脂で焼いたものはおかわりしたいくらいだった。

「ああ、うまかった」

桃太郎はお世辞なしで満足して箸を置き、

「ところで、オランダ人はなにしに来るんだい？」

と、訊いた。

「どうなんでしょう。とくに急ぎの用とかではないみたいですよ。天文方《てんもんかた》の人とかとはずいぶんお会いになるみたいですが」

「だろうな」

「あとはほうぼう、江戸見物もするみたいです。浅草《あさくさ》あたりに行ったりしたら、大騒ぎになるでしょうね」

「ああ。警護も大変だから、ああいうところは行かせないだろう」

そう言ったとき、

――ん？

胸のうちで閃《ひらめ》いたことがあった。

「そういえば、オランダ人は畳のうえにあぐらをかいたりはしないよな」

「しないみたいです。だから、長崎屋さんも大きな卓や、座るための椅子っていうんですか、あれがありますよ。うちの料理も、大皿でその卓のうえに並べるんです」

「そうだよな」

と、うなずき、

――あの背高火鉢は、オランダ人用なのではないか。

そう思った。

つまり、椅子に座って話をするとき、長火鉢もあれくらいの高さがあれば、話もしやすいのではないか。お茶を淹《い》れて飲むのも楽なはずである。

だが、それなら下に台でも置けばいい。なんでわざわざ背を高くしなければならないのだろう。

六

百川からの帰り道で、桃太郎の考えはさらに飛躍した。

――あの長火鉢を依頼したのは、羽鳥とか中山中山たちではないのか。

そういえば、中山たちはどうしても出かけなければならない用事があるようなことを言っていた。しかも、蘭語で話す稽古をしていたではないか。

――間違いないな。

桃太郎は確信した。

だが、オランダ人一行には、当然、厳しい監視の目がそそがれる。それをかいくぐって、中山中山が会うことなどできるのだろうか。

「愛坂さま」

「おう、南町の雨宮《あまみや》さん、どうした？」

いちおう岡っ引きを連れているが、暇そうである。

「いや、ちょうどいま、愛坂さまのところに顔を出したのですが、いらっしゃらないということで」

「わしのところではないだろう。珠子の顔が見たかったのだろう」

「あ、いや、それも少しはあったのですが」

だらしなく照れた。

こうもだらしない照れ方をすると、後頭部を叩いてやりたくなる。

「暇そうだな？」

「そうですね。でも、まもなく忙しくなるのがわかってるので、いまのうち、ちっとのんびりしようかと思いましてね」

「なにかあるのかい？」

「長崎からオランダ人が何人か出て来るんですよ。それで、警護を担当することになりましてね。連中、十日も江戸にいるっていうから、そのあいだは大忙しででしょう」

「ああ、そうらしいな。珠子もオランダ人の宴に呼ばれたらしいよ」

「珠子姐《ねえ》さんが？　ううむ。オランダ人のやつら、惚《ほ》れたりしないでしょうね。それはまずいな」

唸《うな》り出した。

「雨宮さん。腹は減ってないかい？」

「ああ、ちっと小腹が」

「だったら、そこのそば屋に入ろうよ。もちろん、わしのおごりだ」

と、卯右衛門のそば屋を指差した。

「じゃあ、ごちそうになるか？」

雨宮が岡っ引きに訊くと、

「ええ」

と、うなずき、桃太郎には、

「あっしは、箱崎《はこざき》界隈を縄張りにしてます亀次《かめじ》と申します」

「愛坂だ。よろしくな」

「いや、もう、愛坂さまのことを知らない町方はいませんから」

「そうかね」

「腕が立つ、頭が切れる、お孫さんが可愛くてたまらないと」

「三番目だけは当たってるよ」

「いえいえ」

岡っ引きはいかにもそつがないというふうに、首を振った。

桃太郎はもう腹いっぱいだから、茶だけを頼み、雨宮と亀次は遠慮もせず、海老の天ぷらに精進揚げもつけたざるそばの大盛りを頼んだ。桃太郎が考案した花見そばやお化けそばなどは見向きもしない。

うまそうに海老天から食い始めた雨宮に、

「雨宮さんは独り者なのかい？」

と、桃太郎は訊いた。

「いや、これは痛いところを」

と、額《ひたい》を叩いた。なにが痛いのか。

「町方の同心はもてると聞いたがな」

「それがそうでもないんですよ。蓮《はす》っ葉《ぱ》な莫連娘《ばくれんむすめ》だの、飲み屋のおねえちゃんあたりには声をかけられますよ。でも、賢くて、しっかり者になると、こういう物騒な仕事は嫌がるみたいですよ」

「そうなのか」

「じつは前の女房もその手の女でしてね」

「前にいたわけか」

桃太郎がうなずくと、岡っ引きの亀次が、

「面白い娘でしたけどね」

と、そばをたぐりながら、口を挟んだ。

「面白い？」

「ええ。あっしの縄張りにある飲み屋の娘っ子だったんですが、おきんという名でして」

亀次がそう言うと、

「面白いと言えば、面白いか」

と、雨宮も納得した。ふつうなら余計なことは言うなとたしなめたりしそうだが、そういうつもりはないらしい。

「雨宮さんの嫁になったときは、まだ十六でしたか？」

「そう。おいらが三十二だったから、ちょうど倍の歳だったんだ」

「若すぎたでしょう」

「そうかな。遊びたくてしょうがないんだもんな」

「顔は可愛かったですけどね」

「そう。おれ、どうしても見た目重視になっちまうんだよなあ」

桃太郎は、この二人の話を聞いていると、馬鹿馬鹿しくなってきたが、いろいろ訊き出したいので仕方がない。

「客とは寝たりしないから、吉原《よしわら》に行かせてくれとか言い出したんですよね」

と、亀次が言った。

「そうそう、まいったよな」

雨宮は苦笑いした。

「なんだい、それは？」

桃太郎も思わず訊いた。

「いえね。もともと吉原の花魁《おいらん》に興味があったらしいんですが、別に吉原に売られるほど家は貧乏じゃないんですよ。でも、花魁になると、きれいなべべ着て、お大名だの歌舞伎役者だのの相手ができると思ったんでしょう。おいらに、頼むからあたしを吉原にやってくれと言い出したんです。客と寝たりはしない。ただ、格子窓のなかに座って、ひやかしの客と話するだけでいいからと」

「へえ」

「そんなこと許すわけないじゃないですか。それで、駄目だと言ったら、半年ほどして出て行ったんです」

「吉原に行ったのか？」

「行きましたが、向こうだってそんな女は相手にしませんよ」

「それで？」

「前に働いていた飲み屋で、花魁の恰好《かっこう》して座ってましたよ。あっしもほとほと呆れて、そのまま離縁です」

「いまは、どうしている？」

「大名屋敷の女中になって潜り込んだみたいです。まあ、あんな突飛《とっぴ》な女はいませんよ。あっはっは」

雨宮が笑うと、亀次も思い出したらしく、うなずきながら大笑いした。

こんなバカげた話をいつまでも聞いていられない。

「オランダ人の警護だが、南町奉行所だけがやるわけではないだろう？」

「もちろんです。北も担当します」

「だから、森山平内が目を血走らせて駆け回っているのか」

「ああ、森山さまは北条屋の一件を挽回しないといけませんからねえ」

「挽回なんかできるか？」

「わかりませんよ。中山中山を捕まえて、あのエレキテルを白日《はくじつ》の下《もと》に引っ張り出したら、森山さまの大手柄となりますでしょう」

「なるほどな」

「中山中山の隠れ家は見つかっていませんが、今度、現われるところは摑んだみたいですしね」

「そうなのか？」

内心ハラハラし始めたが、桃太郎はできるだけ惚《とぼ》けた調子で訊いた。

「そうだな？」

雨宮は、亀次に訊いた。

「ええ。どうも、オランダ人が泊まる長崎屋の近くに現われるみたいです。あっしの友だちの岡っ引きが、森山さまの子飼いの同心についていて、そいつが言ってました」

「ほう」

岡っ引き同士というのは仲間だったりするから、こうして北の話も入ってくるのだ。

「どうも中山中山の友だちの蘭学者たちが、背の高い長火鉢を注文してましてね」

「背の高い長火鉢？」

桃太郎はしらばくれて訊いた。

「なんでも、それは江戸にやって来るオランダ人たちを歓迎するためらしいのです」

「どうして背の高い長火鉢が歓迎することになるのだ？」

「オランダ人てえのは、畳には座らず、腰かけと台を使うんだそうですね」

「ああ、それは聞いたことがある」

「それで、腰かけは樽で代用するとして、せめて長火鉢くらいは特注し、歓迎の意を示そうということのようです」

「なるほどな」

それで、桃太郎の疑問も解決した。なぜ、わざわざ背の高い長火鉢などつくるのか、下に台を置けばいいと思ったが、特注の品で歓迎の意を示すためだったのだ。

「オランダ人は長崎屋をそっと抜け出し、その長火鉢を置いて待っている中山たちのところに行くわけだ」

「ええ」

「オランダ人ごと捕まえるのか？」

「それはまずいでしょう。なあに、会う場所さえつきとめたら、あとはオランダ人が帰ってからでも、中山たちを捕まえればいいじゃねえですか」

「その長火鉢の行く先を追うわけだ？」

「そういうことです」

「それは長火鉢の職人から洩《も》れた話なのか？」

と、桃太郎は訊いた。あの、矢次郎がしゃべってしまったのか。だが、矢次郎は注文主の正体を知らないはずである。

「いや、違うんです。たまたま森山平内さまが、指物師の店の前を通り、妙な長火鉢があるのを見て、これはなんだと訊き、どうもそこから推測したそうなんです」

「ほう」

だが、桃太郎も同じように、あの長火鉢からその結論に辿《たど》り着いたのである。

桃太郎ができたのだから、別に森山平内ができても不思議はないわけである。

すると雨宮が、

「大きな声では言えませんが、悪いやつだからこそよく回る頭なんでしょうな」

と、憂《う》さ晴らしでもするような顔で言った。

「まったくだ。森山はワルだからな」

うなずきながら、

――これはまずいことになった。

と、桃太郎は心配していた。

七

数日後――。

出島の一行が江戸にやって来た。

それは意外に静かな江戸入りだった。

四年に一度、カピタンが江戸に来るときは、大騒ぎになる。一行の人数は、六、七十人になり、将軍や幕府の重鎮たちへの贈り物など、膨大な荷物とともにやって来る。

もっとも、カピタン一行といっても、随行して来る長崎の役人や通詞など、ほとんどは日本人である。オランダ人は、カピタンと医官と書記の三人だけだったりする。

今回は、正式なカピタンの江戸参府ではなく、特別に許可が下りたオランダ人の極秘の江戸見物ということで、若いオランダ人三名が、編み笠に羽織袴《はかま》、二本の刀まで腰に差して、人目をはばかるようにやって来た。もちろん長崎の役人もいっしょだが、こちらも数はわずか八人だという。

そのことを雨宮から聞いて、

「それは、向こうも本気で日本のことを知ろうとしているのだ」

と、桃太郎は言った。

したがって、警護もそれほど仰々《ぎょうぎょう》しくはしないで欲しいと、依頼があったという。

「だが、それではなにかあったとき責任が取れなくなる」

というと、オランダ人の若者は、

「そんなことはかまいません。大人が自分の意思でなにかするのだから、当然、責任は自分たちにあります」

そう答えたという。

この答えにも、桃太郎は感心した。オランダ人というか、その三人のオランダ人は、じつに賢いと感心した。ただ、オランダ人がそうは言っても、幕府側は警護というか監視を緩めたりはしない。目立たないようにはするが、町方が絶えず、ぴったりついて回るはずだった。

――だが、雨宮あたりがぴったり監視しても、紙のない障子程度のものになるだろう。

と、桃太郎は思った。

一行がやって来て三日目の夜――。

長崎屋で、天文方や司天台《してんだい》（天文・暦のことをつかさどる役所）の役人たちが主催して、歓迎の宴がおこなわれた。

この席に、珠子や蟹丸の唄も喜ばれていた。

長崎屋の前には、雨宮五十郎《ごじゅうろう》ともう一人の南町奉行所の同心、さらに二人の同心が率いる奉行所の中間《ちゅうげん》六人と、岡っ引きや下っ引き六人が、張り込んでいた。

今回、北町奉行所では、与力の森山平内が直接指揮を取り、同心や岡っ引きなど十人ほどを引き連れ、オランダ人の全行程を監視することにしていた。

だが、その森山平内たちは、長崎屋の前にはおらず、雨宮五十郎などはきょろきょろ捜し回り、

「どこに行ったのだろう」

と、首をかしげた。

宴会は盛況を呈した。

珠子と蟹丸が、

〽こんぴらふねふね
　おいてに　ほかけて

しゅらしゅしゅしゅ

と、始めると、オランダ人も大喜び。どうも、祖国にも似たような調子の唄があるらしく、立ち上がって、くるくる回りながら踊り出したほどだった。

しかも、三人のオランダ人は、日本の言葉もずいぶん覚えていて、

「こんどのゲイシャさん、きれいねえ」

「でじまに、もってかえりたいよお」

「わたしも、ほれてしまたよ」

などと、口々に褒めそやしたらしい。

宴会も終わり、夜もだいぶ更《ふ》けたころである。

役人たちや芸者たちは、オランダ人と名残り惜し気に別れを告げ、再会を約して引き上げて行った。

夜になって、風が出てきている。

だいぶ酔ったオランダ人たちも寝ついたかと思ったが、長崎屋の裏の戸がそっと開けられた。

どうも、長崎屋のあるじはもちろん、手代なども気づいていないらしい。

長崎屋の裏手は、路地になっている。その路地は三方に伸びていて、そこからは迷路のようにつづいている。

三人は、その複雑な道を、急ぎ足で幾度か曲がって、スッといなくなった。

このようすを見ていたのが、北町奉行所の与力森山平内と、その手下たちだった。

「慌てるな。場所はわかっているのだ。それより、逃げ道をふさぐことが肝心だぞ。オランダ人はまずいが、日本人であれば多少、傷つけてもかまわぬ。とにかく、逃げられないようにするのだ」

と、森山は命じた。

すると、そこへ、

「森山さま。こちらにいらしたのですか?」

大声がして、雨宮五十郎がやって来た。

「なんだ、きさま?」

「いや、今宵は森山さまがお見えにならないと思って、お捜しいたしました」

「来るな、馬鹿」

「は？　南でもご協力いたしますが？」

「お前のようなやつの助けなど要らぬわ。とっとと帰れ」

「帰れと言われましても、わたしもお奉行の命令で来ているのですから」

「ううっ。いま、大事な捕物の最中なのだ」

「捕物？　はあ、そうでしたか」

雨宮は、完全に納得はできず、家一軒分ほど後ろに下がって、森山のやることを見守った。

「まったく、馬鹿が邪魔しおって。誰も、動いておらぬだろうな？」

「大丈夫です」

「よし」

「踏み込みますか？」

「いや、待て。ん？」

森山の目が見開かれた。

路地に派手ななりをした若い女がやって来たのだ。

しかも、その女は森山たちが取り巻いている一軒の家に入って行った。

「あれは……」

森山のつぶやきに、

「ご存じの女ですか？」

と、同心の一人が訊いた。

「芸者の珠子だ。さっきまでオランダ人の宴会に出ていたはずだぞ」

「それがなぜ、ここに？」

「わからぬ」

「まさか、宴会のはしご？」

「それはあるまい。だいたい、あの女は怪しいのだ」

「ですが、珠子の娘は、元目付の愛坂桃太郎さまの孫に当たるのでしょう。うかつなことはできませんよ」

桃太郎の噂は、町方には広まっているらしい。

「ふん、目付といってもすでに隠居の身だ。勝手なことなどさせぬわ」

「はあ」

「それより、そろそろ踏み込むぞ」

「ええ」

「長火鉢はあの家に運び込まれた。あそこで、間違いなくオランダ人と江戸の蘭学者たちとで会合がおこなわれる。しかも、そのなかにはとんでもなく威力のあるエレキテルをつくった中山中山もいるはずだ。わしの推察に間違いなければだがな。ふっふっふ」

間違いなどあるわけがないというように、森山は笑った。

「よし、行くぞ！」

森山の命令で、町方の一行はその家に突進した。

「北町奉行所与力、森山平内だ。蘭学者ども神妙にいたせ！」

そう言った森山だが、一瞬遅れて、その顔は呆然《ぼうぜん》となった。

「これは……」

そこには、オランダ人も江戸の蘭学者たちもいなかった。

背の高い長火鉢は、確かにあった。

だが、その周りにいたのは、ハイハイやよちよち歩きの、一歳前後の赤ん坊たちだった。さらにそれを見守る派手ななりの女たちと、驚いたことに元目付の愛坂桃太郎までいるではないか。

「お、どうされた、森山どの？」

桃太郎が言った。

「こ、これは？」

「うむ。近ごろ、宴会が多く、遅くなることも多いので、子どものいる芸者が大変らしいのさ。なにせ赤ん坊だから、遅くまで預かるのは嫌だと言われるらしくてな。それで、いまだけでも赤ん坊を遅くまで預かってくれるところをつくってもらったわけさ」

「その長火鉢は？」

森山はかすれた声で訊いた。

「ああ、これか。ほら、赤ん坊が火鉢に手を突っ込んで、火傷などしたら大変ではないか。それで、こんなふうに背の高い長火鉢をつくってもらったというわけだよ」

「なんと……」

愕然《がくぜん》とする森山の後ろで、いつの間にか来ていた雨宮五十郎が、

「そういうわけでしたか。まったく愛坂さまは、無類の孫煩悩《まごぼんのう》だから。あっはっは」

と、愉快《ゆかい》そうな笑い声を上げた。

ここから一町ほど離れたとある家に――。

三人のオランダ人と、中山中山ら若い蘭学者たちが集まっていた。

真ん中にあったのは、長火鉢ではなく、ばらばらにして持ち寄り、ここで組み立てられた亀形のエレキテルであった。

「これはすごい」

「たいしたちからだ」

「よくもこれほどの」

そういう三人のオランダ人の髪の毛は、さながら栗のイガのように四方八方へとおっ立っていたのだった。

第二章　引っ越しの訳

一

桃太郎は桃子を背負って、大家の卯右衛門の庭に来ると、見慣れぬ大きな瀬戸物の鉢のなかを見て、

「ほう、これは」

と、目を瞠《みは》った。

鉢のなかに水があり、そこに小さなカニがいっぱいいるではないか。動いているので数えにくいが、ざっと三十四くらいはいそうである。それがうじゃうじゃと落ち着きなく動き回っていて、まるでカニのお祭りでも始まったみたいである。

「くわ、くわ、くわ」

背中で桃子が足をぱたぱたさせ始めた。

「よしよし、カニが見たいのか」

おんぶ紐《ひも》を解き、桃子を抱えて鉢の前に座った。

桃子はすぐに、怖がることなく、カニの群れのなかに手を入れた。カニは慌てて逃げ回る。

「どうです。喜んでます？」

卯右衛門が来て、訊いた。

「うむ。そうみたいだ」

「ああ、まったく怖がってませんね」

桃子は小さな指でカニを摑んだりもする。大きなカニだと、鋏《はさみ》で痛い思いもするだろうが、小さいのでそんな心配もない。

「見慣れているのかな？」

と、桃太郎は言った。

「カニをですか？」

「うむ。カニの模様の着物を着た若い芸者が、ここんとこよく珠子のところに三味線《しゃみせん》の稽古に来てるのでな」

「ああ、あの若くて可愛らしい芸者ですね」

卯右衛門も見かけているらしい。

「だが、店でカニの素揚げでも出すようにするのか？」

桃太郎も一匹つまんでみて訊いた。

沢蟹《さわがに》の素揚げはうまいが、ここらで採れるカニもうまいのかどうか、桃太郎は知らない。

「いいえ、そっちの浅瀬にいっぱいいるので、桃子ちゃんが喜びそうだと思って取って来たんですよ。飼うことにしたんです」

「すると、次は猿か？」

「猿？」

「ウサギと亀の次は、猿とカニだろうが」

「あっはっは。そういうつもりはありませんよ」

笑っているところに、

「大家さん、どうも」

と、客が来た。

「おお、順吉《じゅんきち》さんか。どうしたい？」

店子《たなこ》の一人らしい。小太りで、太い眉に丸い目の、なんだか憎めない顔をしている。桃太郎は、いままであまり見た覚えがない。

「いえね。ちっと川崎《かわさき》まで行って来ましてね。これはつまらねえもんですが」

「おお、大師《だいし》飴《あめ》かい。ありがとうよ。川崎は懐かしかったかい？」

「いや、それが妙なことがありましてね」

「妙なこと？」

なにやら、話が長くなってきたらしい。

桃太郎は、桃子がカニを口に入れようとしたりするので、大家の話どころではない。

「桃子。カニではなく、亀さんと遊ぼうな。ほらほら」

と、亀に注意を向けさせようとするが、すっかりカニが気に入ってしまったらしい。なにせ、亀と違って動きが目まぐるしいので、子どももこっちのほうが面白いのだろう。亀はむしろ、年寄りの話し相手がふさわしい。

しばらくして、

「愛坂さま」

と、卯右衛門が呼んだ。

「ん？　なんだ？」

「ちっと、うちの店子の話を聞いてやってくださいな」

「なんなんだ？」

面倒だが、仕方なく訊いた。

「いえ、あっしは順吉っていいまして、川崎からこちらの長屋に、半月ほど前に引っ越して来たんですがね。今日はたまたま川崎に用があったもので、前に住んでいた長屋に寄ってみたんですよ。すると、あっしが出るとすぐ、両隣にいた住人が、二人とも引っ越しちまったというんですよ」

「ふうむ」

正直、それがどうしたんだと言いたい。

「あっしは、どっちからも引っ越すなんてことは聞いてなかったんです。そこの大家さんに訊いたら、やっぱり急だったって」

「夜逃げなのか？」

「いえ、ちゃんと店賃は払って行ったそうです」

「だったら、その両隣の二人は、同じ店に勤めていたりしたんじゃないのか？

手代が二人いっしょに、急遽《きゆうきよ》、新しい出店《でだな》のほうに動くなんてことは、ちっとも珍しくはないと思うがな」

「いいえ、同じ店なんかじゃありません」

「二人はどっちも男か？」

「いえ、男と女です」

「だったら、駆け落ちだ」

「いや、男のほうは二十四、五のいい男で、女のほうは五十前後の飯炊きや掃除をしている婆《ばあ》さんですよ」

順吉は苦笑して言った。

「蓼《たで》食《く》う虫も好き好きというだろうが」

言いながら、それはないなと、桃太郎は自分でも思った。

「いやあ、それは」

「二人ともお前のことが好きだったが、いなくなったので、いる意味がなくなったのかもしれないぞ」

「それもないと思います」

たしかに、婆さんはともかく、男が好きな男の好む顔でもない。

「だったら偶然だろう」

桃太郎はそう言ったが、内心では、そんな偶然はないと思っている。

「愛坂さま。謎を解いてやってくださいな。どうも、気になるんですよ。礼金はあっしが準備しますので」

卯右衛門は言った。

「謎を解くには、川崎くんだりまで行かなければならないだろうが」

「ええ、ぜひ」

と、卯右衛門は頭を下げた。

「不思議ではあるが、それくらいの謎を解くために、わざわざ川崎あたりまで行く気にはならないな」

そんな暇があったら桃子といっしょに遊んでいたい。桃子が赤ん坊でいる日は、あっという間に駆け去って行くのだ。それと同時に、自分はあっという間に老け込んでしまうのだ。

「そうですかあ。川崎はいいところなんですけどね」

卯右衛門は行かせたいらしい。

ふと思いついて、

「川崎に温泉はあるかい？」

と、桃太郎は訊いた。

「川崎大師はありますが、温泉はありませんね」

「では、やめておく」

あるというなら、少しは考えてもよかった。なにせ寒くなってきたら、桃太郎はやけに温泉に入りたくなっている。

若いころは、むしろ湯だの温泉だのは苦手なくらいで、まさにカラスの行水《ぎょうずい》だった。ところが、この数年、やけに湯が全身にしみわたるようになり、このごろは温泉が恋しくてたまらなくなっている。昨夜も、猿といっしょにひょうたん形の温泉に浸かっているという不思議な夢を見たのだった。

二

その数日後の昼過ぎ——。

「愛坂さま。温泉に行きましょう」

と、桃太郎の家の前に卯右衛門がやって来た。

「なんだな、急に？」

見ると、手拭いや糠袋《ぬかぶくろ》が入った桶を持っている。

「向こうの梅乃湯《うめのゆ》が、今日は草津《くさつ》の湯をやってるんです」

「ほう、そうなのか」

江戸の湯屋は、ときおり菖蒲湯《しょうぶゆ》や柚子湯《ゆずゆ》のような季節の薬湯のほか、有名な温泉から湯そのものや湯の花を持って来て、特別の湯に仕立てることがある。このときは料金はいつもより高くなるが、心待ちにしている客も多い。

いまは桃子も珠子といっしょに出かけていないので、卯右衛門に付き合うことにした。朝比奈も誘ったが、いまどき湯に入ると、身体《からだ》が冷えたりするのでやめておくということだった。

梅乃湯というのは、南茅場町《みなみかやばちょう》に二軒ある湯屋の一つで、ふだんはあまり利用しない。魚河岸関連の住人が多いせいか、とにかく皆、やたらと声が大きいのでやかましいからである。洗い場はともかく、柘榴口《ざくろぐち》のなかなどは声が反響するので、でこぼこの鐘《かね》のなかに頭を突っ込んだみたいになる。

だが、いまは昼過ぎで、かなり空いているため、さすがに静かなものだった。

「いいなあ。昼間の湯で、しかも草津の湯なんぞ言うことなしだ」

なかに入っただけで、すでに温泉の匂いがしている。食いものの匂いだったら、とてもいい匂いとは言えないが、これが湯だといかにも温まるように感じられる。

刀を預け、さっと着物を脱ぐと、洗い場を横切り、柘榴口をくぐり、

「うっ、ううう」

熱い湯に唸《うな》りながら浸《つ》かった。

すぐあとから来た卯右衛門も、しばらくは無言である。

痛みに近い湯の熱さが、まもなく全身をほぐすような快感へと変わる。これである。これが若いときにはわからなかった、爺《じじ》いになってわかる快感なのだ。

「うむ。いい湯じゃのう」

「まさに草津の湯ですな」

「わしは、草津は行ったことがないが、これなのか」

「ええ、これです。湯の花を採るところも見てきましたよ。湯畑ってえのがあって、底に沈んだ湯の花をすくいましてね、乾燥させているんです。それを砕いて、壺に入れて売ってもいるんですが、これもそれでしょうね」

「なるほど。そういうことは、箱根《はこね》や熱海《あたみ》の湯でもやっているのか？」

「湯によって、湯の花が採れるところと採れないところがあるんですよ。箱根は七湯あるので、採れるところもあるはずですがね。熱海は塩の湯だから、塩は採れるかもしれませんが、湯の花はありません。そのかわり、湯そのものを持って来るところもありますよ。たしか将軍さまも、熱海の湯はたびたび届けさせているはずですよ」

「そうか。そりゃあ、いいな」

「愛坂さまは、箱根の湯もお入りになっていないので？」

「いや、何度か入ったよ。昔、役目で京都や長崎に行ったときなどは、湯宿に泊まったりもした。箱根はもちろん、有馬《ありま》の湯もある。それと、九州では武雄《たけお》の湯、嬉野《うれしの》の湯なども入ったな。だが、ほとんど覚えていないんだ。若いうちは、温泉などどうでもよかったからなあ」

「そうですね」

「ああ、いま入ったら、どんなにか気持ちがいいんだろうな」

湯舟の縁に顎《あご》をのせ、桃太郎は夢見るように言った。

「男もおなごより湯のほうがよくなると、枯れてきたと言いますからね」

別におなごといっしょに温泉に入ってもいいのだが、

「まったくだな」

と、いちおううなずいた。

すっかり温まり、いったん洗い場に出た。そこで、

「じつはですね……」

卯右衛門の口調が変わった。

「あんたの、じつは、って言葉は聞きたくないのだがな」

「まあ、そう、おっしゃらずに。この前の店子の順吉のことなんですよ」

「……」

桃太郎はしらばくれて、糠袋で身体をこすっている。

「あの話を聞いたその日と、次の日に、うちの長屋でも順吉の両隣の住人が、別々に引っ越したいと言ってきましてね」

「示し合わせてなのか？」

桃太郎はつい、訊いてしまった。

「いや、そうでもないみたいでした。それで、どちらも急に出るんじゃ大家さんにも迷惑をかけるだろうから、次に入るやつは見つけておきましたと、こう言うんですよ」

「二人とも？」

「そうなんです」

「それで、入ったのか、新しい住人は？」

「ええ。昨日、どちらも入りました」

「変なやつか？」

「いやあ、一人は蘭学を学ぶ若者で、もう一人は宿屋の通いの女中です。二人とも真面目そうに見えます」

「前にいたのは？」

「棒手振りと、大工です」

どういうことだろう。

桃太郎の興味はふくらんできている。

「順吉は、新しく来た住人のことを、なにか言ってたか？　まさか、川崎の長屋にいた人間だとかいうんじゃないだろうな？」

「いや、そんなことはないです。どっちも知らない人みたいでしたよ」

「ふうむ」

桃太郎も糠袋でこするのをやめ、考え込んだ。

「偶然でしょうか？　両隣が急に引っ越してしまうってのは？」

「そんなわけないだろう」

桃太郎は、鼻で笑って言った。

「順吉狙いで？」

「間違いあるまい」

卯右衛門は、しばしなにごとか考えていたが、

「順吉のやつ、殺されるのでしょうか？」

真面目な顔で訊いた。

桃太郎は笑いながら、

「そうかもな」

「勘弁してくださいよ」

卯右衛門は、泣き顔とも笑い顔ともつかない顔になった。

「順吉というのは、なにをしている男なのだ？　まさか、どこかの藩の密偵とかいうのじゃないだろうな」

「いや、ただの薬売りですよ」

「薬売りというのは、密偵がよく化ける商売の一つだぞ」

「そうなんですか！」

卯右衛門は目を瞠った。

「越中富山《えっちゅうとやま》の者か？」

「違います。川崎の在の出で、薬は爺さんの代から商っていると言ってました」

「それが本当なら、まず密偵ではないな」

「本当だと思いますがねえ」

「だが、嘘だったら、密偵で殺されるという話もあり得るぞ」

「げっ」

「薬は薬種問屋から仕入れているのか？」

「たいがいはそうみたいですが、いくつかは自分でつくったりもするそうです」

「なんだろうな？」

もっとよく調べてみないとわかるわけがない。

冷えてきたので、もう一度、湯舟に浸かった。

「ところで、わしが前にいた長屋の大家はな……」

と、桃太郎はいっしょに浸かった卯右衛門に言った。

「はあ」

「なんだかわざと変なやつを選んで店子にしているのではないかと思えるくらい、おかしなできごとが相次いだのだ。あんたにも、そういう才能があるのかもしれないぞ」

「ううむ。たしかにそういうところがあるかもしれませんね」

卯右衛門はうなずいた。

前の大家より素直だというのは間違いなさそうだった。

三

湯からもどって来ると、朝比奈が薬を煎《せん》じていた。そのわきには、生薬がたっぷり入った紙の袋が置いてある。

「お、慈庵《じあん》さんが来ていたのか？」

と、桃太郎は訊いた。

「ああ、いま、帰ったところだ」

朝比奈を診てくれている医者の横沢《よこざわ》慈庵は、鎌倉河岸に住まいがある。まっすぐ帰るなら追いかけてもいいが、どうせ何人もの患者の往診を兼ねているのだ。

どっちに行くかはわからない。

「久しぶりに会いたかったな」

薬屋のことで訊いてみたいことがあった。

順吉のような薬屋も、医者と付き合いがあったりするのだろうか。もしかしたら、そこらに謎を解く手がかりがあるかもしれない。

「慈庵さんもそう言ってたよ」

「なんで？」

「たまには愛坂さまの身体も診たほうがいいのだがと」

「そうか」

とは言ったが、桃太郎はとくに身体におかしなところはない。しいて言えば、やたらと湯に入りたがるようになったくらいか。

「ああいう人は、自分の調子の悪さに気がつかないでいたりすることがあると」

「それじゃ馬鹿だろうが」

「朝比奈さまから見て、おかしなようすはなかったかとも訊かれたので、もともとおかしなやつだから気がつかないと言っておいた」

「なんだよ。それで、留の調子はどんなふうだと言っていた？」

「もちろん、いいとは言えないが、悪くもないらしい。いろいろ触ったり、叩いたりしていたが、さほど病《やまい》は進んでいないそうだ」

「そりゃあ、いい」

薬を煎じ終えたらしく、朝比奈は土瓶から茶碗に薬を注ぎ、たいしてまずくもなさそうにそれをすすった。

「まあ、騙《だま》し騙し、あと五年くらいは生きるつもりだがな」

と、朝比奈は覚悟している。

「なあに、大酒飲みなどより、あんたのほうがはるかに長く生きるよ」

桃太郎は本気でそう思い始めている。

なんせ、今年の初めあたりより、いまのほうがずっと顔色がいい。動きにも切れがもどっている。

「だが、薬ってのは気になるよな」

「なにが？」

朝比奈に順吉のことを説明した。

「桃。それは密偵の筋もあるぞ」

「だよな」

「それと薬がらみだ」

「わしもそう思う」

「その順吉ってやつが、恐ろしく効く薬の製法を知っていたら、それをほかの薬種問屋あたりは、なんとしても盗もうとするだろう」

「だろうな……あっ」

桃太郎は閃《ひらめ》いた。

「どうした？」

「逆かもしれないぞ」

「逆？」

「ぽっくり逝《い》ってしまう薬も欲しがるやつはいる」

「おい」

朝比奈は眉をひそめた。剣呑《けんのん》な話である。

「いや、あり得るぞ。本気で探ってみるか」

と、桃太郎が言ったとき、路地に蟹丸の姿が見えた。

蟹丸はちらりとこっちを見て、桃太郎がいるのに気づくと、

「ああん」

と、いかにも嬉しげに笑い、通り過ぎた。

「おい、桃」

朝比奈が咎《とが》めるように言った。

「え？」

「おぬし、あの若い芸者になにかしたのか？」

「なにかってなんだよ？」

「ちょっかい出したのか？　年甲斐《としがい》もなく」

「年甲斐もなくはないだろう。お前だって、おかよさんに……」

惚《ほ》れて、思いを打ち明けたのだが、結局、ふられてしまった。

「わしは本気だったぞ。だが、お前は……」

「やめてくれ。わしにそんな気はない」

「そうかなあ。だが、あの芸者が面倒を見てくれと言ってきたら？」

「そんなこと、あるわけないだろうが」

そうは言ったが、心のどこかでそういう妄想のようななりゆきを期待していないかと問われたら……桃太郎は自信がなかった。

四

それからしばらくして、

「やぁだ、桃子。くすぐったいよぉ」

蟹丸の声がしたので、長屋の路地に出ていた桃太郎は、つい声がした珠子の家をのぞいてしまった。

見ると、三味線を構えた蟹丸の膝に桃子がのっかって、着物を引っ張ったりしている。仔犬とか仔猫がじゃれているのと変わらない。

「どうしたの、桃子？　なにしてるの？」

珠子も不思議そうに訊いた。

「ははあ、それはカニだからだよ」

と、桃太郎はつい声をかけてしまった。

「え、カニ？」

「うむ。じつは、卯右衛門の家の庭でな……」

と、説明すると、

「そうだったの。桃子ったら、面白い」

蟹丸は桃子を抱き上げ、可愛くてたまらないというように頰ずりした。

「ぱふぱふ」

と、桃子も嬉しそうに笑っている。

「あたしも桃子をおんぶしてみたい」

「まあ、蟹丸ったらどうしたの？」

「いいでしょ、珠子姐《ねえ》さん」

「そりゃあ、いいけど」

蟹丸は珠子に手伝ってもらい、桃子をおんぶした。

軽く揺すったりしながら、部屋のなかを歩き回り、

「どう？　似合います、愛坂さま？」

と、訊いた。

「似合うってのは変だろう」

桃太郎は苦笑する。

「なんだか、あたしも子どもが欲しくなってきちゃった」

蟹丸は真剣な顔で言った。

「あら、どうしたの？」

珠子が訊いた。

「うん。あたしも珠子姐さんみたいに、亭主は持たずに、赤ちゃんだけつくって、芸者しながら育てるっていうのはいいかなあって思ったの」

「なに言ってんの」

「ああ、どなたかあたしに子どもを授けてくれないかなあ」

蟹丸はそう言って、笑みを浮かべながら、桃太郎を見た。

「え」

桃太郎はその笑みの意味がわからない。

「あらあら、蟹丸、駄目よ。おじじさまは桃子のじいじなんだから」

珠子がたしなめるように言った。

「え？　いけないかしら？」

「そうよ」

「そうかしら」

蟹丸はそう言って、またも桃太郎に向かって微笑んだ。

桃太郎は目を逸《そ》らし、惚《とぼ》けるくらいしかできない。少し、脈が速くなった気がする。

「あ、そういえば……」

　と、蟹丸は話を変えた。桃太郎は少しがっかりした。いまの話題は、もっと突っ込んでくれてもよかったのだ。

「昨日のお座敷は、お武家さまが五人ほどだったんですけど、いま、江戸で剣の遣い手を五人選ぶとしたら、誰だとかいう話になったんです」

「ほう」

　桃太郎はやっと冷静に聞ける話になったというように、玄関口に腰を下ろした。

「それで、あたしは愛坂さまのお名前が出るのではと期待したんですよ」

「そんな馬鹿な」

　桃太郎は苦笑した。

　だが、三十年前なら、名前が上がったかもしれない。

「でも、知っている人の名前が出たんです」

「誰？」

　と、珠子が訊いた。

「北町奉行所与力の森山平内」

「まあ」

と、珠子は桃太郎を見た。

「それほどなのか？」

かなり遣えるとは思っていたが、それほどとは思っていなかった。

「元は一刀流だったらしいんですが、それに古流って言うんですか、それを合わせて、しかもなにやら秘剣と呼ばれる剣を会得したんだそうです」

「秘剣？」

それは聞き捨てにできない。

秘剣といったら桃太郎の売りものである。というか、老いてなお、剣に頼ろうというなら、秘剣を身につけなければならないと思ってきた。

いくつか秘剣といえるような剣捌《けんさば》きは会得したつもりである。手から花びらが舞う秘剣花吹雪《はなふぶき》や、地に咲く花を切っ先で飛ばす秘剣花の舞。本当にそれが秘剣と言えるのかと自問自答すると、自信がなくなってくる。しょせんは、手妻《てづま》に毛の生えた、はったり剣法に過ぎないのかもしれない。

「秘剣の名は聞いたのか？」

桃太郎は蟹丸に訊いた。

「それがわからないんですって」

「ふうむ」

「でも、北の森山平内って嫌なやつなんですよね？」

蟹丸は珠子に訊いた。

「そう。あんな嫌なやつはいない。あたしにも、おじさまにとっても敵だわよ」

「そうなんですね」

蟹丸は心配そうに桃太郎を見た。

五

翌日——。

この日は、珠子が通一丁目《とおり》の裏にある小体《こてい》な料亭の昼の座敷に呼ばれたので、桃太郎が桃子の面倒を見ていることになった。

寒かったら風邪をひかせないように家にいるつもりだったが、外は陽射しがあって暖かい。おんぶして、外に出た。

周りを見渡すと、茅場河岸のあたりに凧《たこ》がいっぱい揚がっているのが見えた。

そろそろ凧揚げの季節である。

「凧でも見るか、桃子」

と、そちらに向かおうとしたとき、例の順吉がカゴを背負って帰って来た。

そう大きなカゴではない。かぼちゃの三つも入れたらいっぱいになりそうな大きさで、なかには青い草が半分ほど入っている。

「おう、薬草でも採ってきたのか？」

「そうなんです。いやあ、どこにでもある草だと思っていたら、深川《ふかがわ》界隈にはなかなかなくて、夜明けと同時に出て、いままでかかってしまいました」

「どの草だ？」

桃太郎が訊くと、順吉はカゴを下ろし、

「ええ、これなんですけどね。あっしは、とっぴり草と呼んでいるんですが、それはあっしだけの呼び名みたいです」

と、草を一つまみ渡してくれた。

「とっぴり草？」

見ると、たしかにどこにでもありそうな草である。葉が細く、ツヤがある。丈は五寸ほどである。

「最初、深川の向こうの川沿いで探したんですが、なかなかなくて、結局、中川の岸まで行って、やっと見つけました。川崎あたりじゃ、どこでも生えているんですがね」

この男はやはり密偵ではない。密偵が化けた薬屋は、そんな大儀なことはしない。

「ふうむ。これはなんに効くのだ？」

「いや、これだけじゃ別にたいして効くようなことはないんです。薬草ってのは組み合わせでしてね」

「ほう」

「その製法は、愛坂さまにもお教えできません」

訊いてもいないのに言った。

「あんたは誰から教わったんだ？」

「あっしは爺さんからです」

「爺さんは誰から？」

「あっしの爺さんてえのは、川崎の在の百姓だったんですが、頭のいい人で、若いころから近くの寺にある書物などをずいぶん読みふけって、そのうち薬草に興味を持ったそうなんです。それで、いろいろ試した挙句《あげく》、いくつか独自に考えた薬がありましてね」

「それはたいしたもんだ」

「そのいくつかの薬の製法が、爺さんからおやじ、そして孫のあっしにまで伝わってきたわけです」

「一子相伝《いっしそうでん》というやつか？」

「というか、先祖伝来てえやつですよ。たいして自慢もできませんが」

「なるほど。では、そなたがつくって商っている薬で、恐ろしく効く薬があれば、その製法をなんとしても知りたいやつはいるだろうな」

と、桃太郎は言った。

やっぱり、それなのではないのか。

「いやあ、あっしが売ってるのなんざ、せいぜい咳止めだの、下痢止めだの、打ち身や切り傷に効く膏薬《こうやく》だの、ありきたりのものばかりですからね。ほかに効く薬はいくらでもあるはずですよ」

「そうなのか」

「ただ、表店の薬よりは、あっしの薬のほうが当然、安いんです。唐土《もろこし》から来た生薬なんざいっさい使っていませんし、こうやって自分で採ってくる薬草だけでつくってるものですからね」

「なるほど」

「だから、なんとしても知りたいやつなんてのは、いるわけないと思いますよ」

「ふうむ」

　そう言われると、たしかにそうかもしれない。

六

　順吉を見送ったあと、俄然《がぜん》、薬草というのに興味が湧いてきた。

　順吉が採ってきた草のいくつかは、そこらで見たことがある。ドクダミやゲンノショウコもあった。あんなものは庭があれば必ず生えてくるし、わざわざ金を払って買う者はいないだろう。

　だが、なにかと組み合わせれば、売りものにもなるのかもしれない。

ああいった薬草に詳しければ、いろいろ役立つこともあるはずである。いくら丈夫な桃子だって、腹くらい下すこともあるだろうし、ちょっとした切り傷などはどうしたって避けられないだろう。そんなとき、

「大丈夫だ。この薬草をこうやってねじりつぶしてだな、くっつけておけばすぐ治るぞ」

と、やってみせたら、

「じいじ、凄い」

と、ますます尊敬の念を深めるに違いない。

以前、十の習いごとをしていたときも、薬草というのを入れなかったのは、いまさらながら失敗だった。だが、学ぶのに遅いということはないはずである。

——まずは、草の判別から始めないとな。

ここらに草むらとかなかったかと考えたら、そういえば南茅場町を霊岸橋のほうに行ったところに稲荷天神があって、そこの富士塚《ふじづか》の周囲が草原のようになっていたことを思い出した。

桃子をおんぶしたままそちらに向かった。凧見物は取りやめである。

富士塚は、いまや江戸のあちこちにある。桃太郎が子どものころはこんなには

なかった気がする。この南茅場町の富士塚もいつの間にかできていた。ここらではほかに、鉄砲洲《てっぽうず》の稲荷にも富士塚がある。

下まで来て、富士塚の頂上を見上げた。

冬空に、真っ黒い富士が堂々とそびえている。

富士の裾野から持って来た溶岩もつかっていて、迫力もある。

本物の富士は、女は六十年に一度しか登ることができない。六十年に一度くらい許可されても、登る女はあまりいないらしい。

そこへいくと、富士塚は女も登ることができる。逆に、登るのは女のほうが多いかもしれない。

「高いところ、登るか？」

寒いときは誰も高いところになど登りたくないのだろう。ほかには誰も登っていない。

桃子は足をぱたぱたさせた。

「よし、登ろう」

いちおう、滑ったりしないよう足元に気をつけて上まで登った。

二階建ての屋根よりもずっと高い。

日本橋川と運河が十字に交差するあたりは、広々として美しい水景になっている。

「いい眺めだなあ」

桃子を見ると、景色が変わったのがわかったのだろう。目を瞠るようにして周囲を眺めている。

そのうち風が冷たく感じられてきたので、降りることにした。

富士塚の麓《ふもと》は、草原を模したわけでもなさそうだが、草むらになっている。全体が白っぽく、冬枯れが進んでいるのは明らかだが、それでも緑の葉はだいぶ残っている。

桃子をおんぶしたまましゃがみ込み、じいっと草むらを眺めた。

こうしてみると、じつにいろんな草がある。雑草と一口で言ってしまうのは乱暴だろう。

草花には毒があったりするとは聞いたことがある。薬にもなるのだから、当然、毒にもなるだろう。

寒いのに頑張って咲いているたんぽぽが一輪あったので、それを取って、

「ほうら、きれいだろう」

と、桃子に手渡した。たんぽぽは、食べたりするくらいだから、明らかに毒はないとわかっている。

ふと、嫌な気配を感じた。

——ん？

殺気かと緊張した。

立ち上がって周囲を見回すと、見覚えのある嫌なやつがこっちに歩いて来た。

北町奉行所与力の森山平内だった。

森山はまだ出仕前か、それとも今日は非番なのか、着流しに刀を一本差しているだけである。

「愛坂さま。わたしの家でも探りに来られたのですか？」

森山は思わぬことを訊いた。目が据わっている。殺気とまではいかなくても、内に強い怒りを秘めている。

「あんたの家？」

「そこがわたしの役宅でして」

と、後ろの家を指差した。

むろん、そんなことは知っているわけがない。だが、町方の与力なのだから、住まいがここらであってもなんの不思議もない。

「そうだったか」

「おとぼけなさるな」

「いや」

馬鹿馬鹿しくて、本気で弁解する気もしない。

「だいたいが、このあいだの長火鉢の件、背後に愛坂さまがおられたのでしょう？」

森山は少しずつ近づいている。

あいだは、十間ほどになった。あたりに人けはない。

桃太郎は、足元を確かめながら、駆け出す用意をしている。森山が刀に手をかけたら、もちろん逃げるつもりである。とりあえずは、桃子の身の安全をなんとしても図らねばならない。

「なんのことかな？」

桃太郎はとぼけた。森山は、それ以上は突っ込まず、

「敵と見定めさせていただきました」

と、言った。

「こんな爺いが、なんの敵になるかね」

「いやいや、ただの爺いではござるまい」

「よもや、秘剣の餌食《えじき》にでもしようかと」

桃太郎は卑屈な口調になって言った。

「秘剣？」

「噂で聞いておるぞ。ええと、なんと言ったかな、秘剣の名は」

「……………」

森山は言わない。

せめて名前だけでも聞いておきたい。名前から剣筋が想像できれば、あらかじめ対応策を練ることもできるのだ。

「孫と遊ぶくらいしかできない爺いを、敵視するのはやめていただきたいな」

桃太郎は怯《おび》えたような口調でそう言って、森山に背を向けた。

——やっぱり、わしはワルかもな。

そう思って、桃太郎はにやりと笑った。

七

翌朝――。

順吉の一件を明らかにするのに、まだなんの手がかりもないので、とりあえず隣の住人二人のあとをつけてみることにした。

宿屋の通いの女中というほうが朝は早い。

明け六つ(午前六時)に長屋に行ってみると、すでに出かけるところだった。

桃太郎は慌ててあとをつけた。

そう遠くには行かないだろうと踏んだが、女中は江戸橋を渡ると、まっすぐ北に進み、大伝馬町《おおでんまちよう》の通りを右に曲がって、そこの角から三軒目の宿屋の裏口から入った。

路地を挟んだ隣がなんと、江戸有数の薬種問屋である〈甲州金角堂《こうしゆうきんかくどう》〉だった。

女中があるじからなにか言われている。桃太郎は、そっと裏口のそばに寄り、聞き耳を立てた。

「お前、隣に住んで、まだ甕《かめ》の中身も探れないのかい」

あるじから嫌みを言われている。

「ですが、黙って入れば泥棒ですし」

「そりゃあ、泥棒しろとまでは言ってないよ。そこはあんたの工夫だろうが」

「はあ」

「あたしも、兄貴に顔向けできないよ。お前なら大丈夫だと太鼓判を押したんだから」

どうやら、この宿屋のあるじは、甲州金角堂のあるじの弟かなにからしい。

薬屋とつながるなら、尋問するみたいに訊き出してもいいのだが、あの女中にそうするのは、可哀そうな気がした。しゃべったとなれば、ずいぶん立場も悪くなることだろう。

途中、焼き芋屋が出ていたので、それを一本買い、人通りの少ない道を食いながら長屋までもどった。

蘭学者のほうは、まだ家にいて、がたがた音がしている。なにをしているのか見てみたい。もしかしたら、エレキテルでも回しているのかもしれない。

そのうち、戸が開いて、外に出て来た。出かけるらしいので、またもあとをつけることにした。

こっちは、海賊橋を渡らず、楓川《もみじがわ》沿いに歩いて、越中橋を渡って、大鋸町《おがちょう》の通りに入った。とくに挨拶もなく、なかほどの家の戸を開けて、入ってしまった。

「ここは誰の住まいだ?」

斜め前で開いた魚を干していた女に訊いた。

「そこはお医者さまですよ。石島耕良《いしじまこうりょう》先生とおっしゃる、長崎で蘭方まで学んできた名医ですよ」

「石島耕良……」

その名に、なんとなく覚えがある。

顔だけ確かめようと思い、

「ごめん」

と戸を開けた。

真ん前にいた男と顔が合った。男は、薬研《やげん》で生薬を粉にしているところだった。順吉の隣の男ではない。

「あ」

向こうも桃太郎の顔に見覚えがあったらしい。

「羽鳥さんや中山さんのご友人でしたな」

「はい。ええと、愛坂さま」

名を思い出したらしい。

「いかにも」

「いやあ、先だってはありがとうございました。羽鳥さんや中山さんも、愛坂さまのおかげだと言ってました」

出島から来たオランダ人と会合を持ったうちの一人だったのだ。

「なあに、あんなことは」

「して、今日は？」

「じつは、人のあとをつけて来たら、このなかに入ったのでな」

「いま来たのは、弟子の矢作喜助《やはぎきすけ》という者ですが」

「さようか」

「矢作。ちょっとお出《い》で」

石島は、裏のほうに声をかけた。

「はあ」

なんだろうと顔を見せたが、悪意などはまるで感じられない、いかにも真面目そうな顔である。

二人そろったところで、

「じつは……」

と、桃太郎は事情を語った。

「そうでしたか。どうなんだ、矢作?」

と、石島が訊いた。

「ええ、わたし、通二丁目の〈一良堂《いちりようどう》〉のあるじに頼まれたのです。店賃を半分持つから、順吉という男がつくる薬の中身を探ってくれと」

矢作が言った。

「だが、順吉がつくるのは、そこらに生えている草を原料にしているのがほとんどで、下痢止めとか傷の薬とか、その程度のものだぞ。一良堂ともあろう大店が、わざわざ探るほどの薬じゃないだろうよ」

と、桃太郎は言った。

「それは順吉が知らないだけなんです」

「知らない?」

「ええ。順吉の下痢止めには、どうも年寄りの惚《ぼ》けを治す効果があるらしいんです」

「そうなのか」

　これには桃太郎も驚いた。

「本当か、それは？」

　石島がわきから訊いた。

「どうもそうらしいんです。あの下痢止めを飲んだあと、頭がはっきりしたという年寄りが何人もいるらしいのです。それで、一良堂だけでなく、ほかの薬種問屋も目をつけているとも聞きました」

「それで当たりはついたのか？」

「まだなんです。どうも、そこらで採ってくる薬草のほかに、いくつかある甕のなかに入っているドロッとしたのも加えているんですが、それがなんなのかはよくわからないんです」

「ふうむ」

　石島は半信半疑らしい。

「それで、そういうことはやめさせますか？」

石島は桃太郎に訊いた。

「いや、別にいいのではないか。探れるものなら探ってみたらいい。順吉も、知られても仕方がないと思うくらいだろうし」

桃太郎はそう言って、石島の家をあとにした。

海賊橋を渡ると、卯右衛門のそば屋の前に、卯右衛門と順吉が立って話をしているところだった。

「おや、愛坂さま」

「卯右衛門、順吉。わかってきたぞ」

と、桃太郎はいささか自慢げに言った。

「なんなので？」

「やはり、効く薬の材料を知ろうとしているのさ」

「ええっ？」

順吉のほうが驚いた。

「どうも、お前が下痢止めとして売っていた薬が、じつは惚けに効くらしい」

桃太郎がそう言うと、

「ああ」

と、順吉はなにか思い出したような声を上げ、

「そういうことは、前にも誰かに言われたことがあります」

「だったら、効くんだろうよ」

「いやあ、そんなわけありませんよ」

順吉は苦笑した。

「なぜ、わかる」

「いや、つくっているあっしが言うんですから。あの材料で、そんな効き目があるわけありませんよ」

順吉は自信たっぷりで言った。

「それはわからんぞ。薬というのは、お前も言っていたように、組み合わせで効果が生まれるのだろうが」

「そりゃあ、そうですが」

順吉は首をかしげるばかりである。

「順吉。あんた、それを大々的に売り出したら、あっという間に自分の店が持てるぜ。それどころか、たちまち大店だよ」

卯右衛門が持ち上げた。

「いや、大家さん。そういう夢みてえな話はやめましょう。そんなこと言って売り出して、やっぱり効かなかったとかなったら、あっしは薬屋としてやっていけなくなりますよ」

「そうかね」

卯右衛門は残念そうにし、

「うむ。そういう慎重な態度はたいしたもんだ」

と、桃太郎は感心した。

「でも、愛坂さま、隣の連中も誰かに頼まれたわけでしょう?」

卯右衛門が訊いた。

「うむ。有名な薬屋だよ」

と、桃太郎はうなずいた。

「だったら、やっぱり大々的に……」

卯右衛門のほうが有頂天である。

八

その翌日――。

近くの染物屋の隠居がこのところ下痢をしていて、順吉の下痢止めが効くなら買いたいと言ってきたと、卯右衛門が伝えてきた。隠居は八十近くなり、この数年、だいぶ惚けてきているらしい。

「ほう。それで、順吉が薬を処方するわけだ」

「ええ。いま、仕度をしてますよ」

「わしも行ってみてよいか。邪魔しないで、外で話を聞いているだけだ」

「そりゃあ別にかまいませんでしょう」

ただ、桃太郎一人だと変なので、そこはよく知っている家だからと、卯右衛門も付き合ってくれることになった。

三人で染物屋に向かった。

裏手に回り、卯右衛門はあるじと世間話をし、桃太郎はしらばくれて、順吉と隠居の話に耳を傾けることにした。

「ご隠居さん、下痢がつづいてるんだってね」

順吉は、布団に座ってあぐらをかいている隠居に話しかけた。

「ああ、もう五日くらいになるよ。今日あたりは、足腰に力が入らねえ」

隠居は、よく舌が回らない、ゆっくりした口調で言った。この口調のため、じっさいより惚けたように受け取られてしまうのではないか。

「そりゃあ、食ったものをどんどん流してたら、滋養が足りなくなって、足腰に力も入らねえよ。そうだ、ちっと、この飴でも舐《な》めながら話をしようよ」

と、順吉は飴玉の入った小壺を出し、一つ隠居にあげた。

飴は日本橋近くの〈榮太樓《えいたろう》〉で売っているもので、桃太郎のところにも同じものがある。ただ、それは虫歯になるから桃子には舐めさせないでくれと、珠子から言われている。

「飴なんざ子どもの舐めるものだと思ってたよ」

「飴にもけっこう滋養があるからね、こういうときはいいんだよ」

と、順吉は隠居に言った。

「そうかい。そういや、いつもよりうまく感じるよ」

「ご隠居さん。ちっと腹を触らせておくれよ」

「こうか」

と、隠居は座ったまま、着物を広げ、腹を出した。適当に肉もついているので、さほど衰弱したようには見えない。

順吉はその腹を触りながら、

「近ごろ、なんか悪いものでも食ったかね？」

「どうかなあ。五日前、かぼちゃがうまくて、ちっと食いすぎたかもしれねえな」

「かぼちゃは違うと思うけどなあ」

「あとは……佃煮《つくだに》の残ってたのを食ったけど、ちっと変な味がしてたかもな」

「それだよ、ご隠居さん」

「佃煮は腐らねえだろう」

「佃煮だって腐るよ、ご隠居さん」

「そうかあ」

順吉は、隠居の部屋を見回し、

「そこに蠅帳《はいちょう》が置いてあるねえ。食いものを入れておいたりするんだね。ご隠居さん、それはやめといたほうがいいよ」

「なんでだ？」

「歳取ると、ちっと匂いがよくわからなくなってたりして、腐ったやつも食ってしまったりするんだよ。食いものは、おかみさんがつくったやつだけ食べるようにしたほうがいいって」

「そうか」

順吉の口調がやさしいせいもあるのだろう。ご隠居は素直にうなずいた。

「佃煮はなにを煮たやつだったね？」

「昆布だな」

「だったら、そうひどいことにはならないと思う。これは煎じ薬だけどね」

と、持ってきた一尺四方ほどの薬箱から、紙包みを取り出し、

「鉄瓶より土瓶で煎じてもらったほうがいい。あ、そこにあるね。とりあえず一服煎じて、飲んでもらおうかね」

「ああ、いいとも」

順吉は、土瓶に薬を入れ、火鉢にかけた。

薬が煮立つのを待ちながら、

「ご隠居さんとこは、代々、江戸ですか？」

順吉は隠居に訊いた。

「いやあ、おれはもともと保土ヶ谷《ほどがや》の宿の近くで染物屋を始めたんだよ。小田原《おだわら》の染物屋で修業して、いったん生まれたところにもどったんだけどな」

「へえ、保土ヶ谷ですか。あっしは川崎の在の出なんですよ」

「ああ、多摩川《たまがわ》の近くだな。海のほうか？」

「そうです」

順吉がうなずくと、隠居はなにかを思い出すような顔をして、

「あそこらはいいところだ。おらあ、子どものころ、よく釣りに行ったよ」

「そうですか。なに釣ってました」

「なんでも釣れたけどな、おらぁ、アナゴが好きでずいぶん釣ったものさ」

「アナゴねえ。そういえば、こんな唄、知ってます？」

順吉は低い声で唄い出した。

〽海で風吹きゃ　アナゴが釣れるよ
　川で風吹きゃ　ウナギが釣れるよ
　陸で風邪ひきゃ　おなごは逃げるよ

　よいしょ　こりゃ　さのさあ

「ああ、懐かしいなあ。子どものころ、唄ったよ」

と、隠居もいっしょに唄い出した。

そんなようすを見て、

「卯右衛門、あれだよ」

と、桃太郎は言った。

「あれっていいますと？」

「惚けの治る薬はあれだ。下痢止めじゃない」

「唄をうたうこと？」

「それだけじゃない。順吉はああやって、自然に昔のことを思い出させたりして、結局は年寄りの頭をうまく使わせているんだ。年寄りが惚けてきたと思うと、周囲の者もあまり話を聞かなくなるし、自然、年寄りのほうも頭を使わなくなる。だが、ああやって、話を聞いたり、昔の唄をうたったりするうち、ちっと頭の働きがもどったりするんだ。それで、順吉の下痢止めが惚けに効くと思われたのだろう」

「なるほど」

卯右衛門はうなずき、桃太郎とともに順吉と隠居が唄うようすを眺めた。

それは、心に沁《し》みるいい光景だった。

「じゃあ、あの新しい住人たちはどうします？　そのことを教えてやりますか？」

卯右衛門が訊いた。

「いいだろうよ、そのままで」

「たぶん、ずっといますよ」

「あんただって、しょっちゅう出たり入ったりされるよりは、そのほうがいいだろう？」

「それはそうです。出入りが激しいと、あの長屋は変なんじゃないかと思われますし」

「あいつらだって、依頼主から多少の便宜は図ってもらってるんだ。薬種問屋が業を煮やしてやくざでも差し向けてきたら別だが、まあ、そこまでせんだろう」

「ええ」

「好きなだけ探らせておけ」

しょせん、長屋にはいろんなやつがいる。

また世のなかというのは、いろんなやつがいるから面白いのだ。

九

桃太郎は家にもどると、

「留。ちと剣の稽古を手伝ってくれ」

と、頼んだ。

朝比奈は、座ったまま、足や腕をひねったり伸ばしたりしている。横沢慈庵に勧められたらしく、身体中を柔らかくすることで、血の巡りもよくなり、それはあらゆる病にもいいのだそうだ。

「なんだ、新しい秘剣でも思いついたのか？」

「ああ。カニを見ているうちに思いついたのだ」

そう言いながら、桃太郎は木刀を二つ取って、庭に降りた。

朝比奈も立ち上がり、木刀を一本だけ摑んだ。

「カニ？」

「足捌きは、前後が基本だよな」

「それを横にしてはどうかと思ったのだ」

「まあな」

「カニの横歩きか？」

朝比奈は呆《あき》れたように訊いた。

「そう。しかも、カニの鋏のように、二刀を使う」

「そりゃあ、見た目は秘剣にはなるかもしれぬが、それが強いとはとても思えないぞ」

「そう言うな。まあ、付き合ってみてくれ」

桃太郎は二刀で、朝比奈は一刀で対峙《たいじ》した。

庭は広くはないが、二人が動き回るくらいはできる。

桃太郎は左右の木刀の構えをいろいろ試したあと、大きくは構えず、切っ先同士を軽く触れ合うくらいに小さく構えた。

「それで、カニはこう歩く」

と言いながら、桃太郎が横に歩くと、

「ぷっ」

朝比奈はいきなり噴いた。

「変か？」

「変だ。滑稽だ。桃、それは駄目だよ」

「相手が笑うなら、それで脱力させられるかもしれぬぞ」

「いや、逆に馬鹿にされ、相手が優位に立ってしまうわ」

「なあに、やってみなければわからぬ。ちと、撃ちかかってきてくれ」

「では、いくぞ」

朝比奈がつつっと踏み出し、袈裟懸《けさが》けに来るかと見せかけて、桃太郎の右胴を狙ってきた。それを、右手の木刀で受けると同時に、左の木刀を伸ばし、朝比奈の首を斬るようにした。

「やられたか？」

と、朝比奈は訊いた。

「いや、わしが死んだ。もう一度、きてくれ」

「よし」

今度は、朝比奈は突いてきて、それをかわし、右の木刀を伸ばして、袈裟懸けにきたところを腕を斬るようにした。

「わしの腕は落ちたか？」

またも朝比奈は訊いた。

「いや、今度もわしが死んだ」

「真剣だったらそうなるか？」

「ああ。やはり、二刀の受けは弱い。押し切られてしまう」

「だろうな」

「まして、相手が若い豪剣であれば……」

森山平内を想定しているのだ。

「やはり秘剣横歩きでは歯が立たぬ」

桃太郎はそう言って、がっくりうなだれた。

第三章　夜は悲し

一

昼四つ（午前十時）ごろである。桃太郎が桃子を抱っこして近所を歩いていると、ちょっとした人だかりができていた。

桃子も興味を示したみたいなので近づいてみると、新しい店ができたらしい。

しかも、大家の卯右衛門が嬉しそうな顔で、集まった客たちに目を向けている。

「よう、なにかいいことでもあったみたいだな」

桃太郎は近づいて言った。

「あ、愛坂さま。じつは、ここはあたしの家作なんですが、今度、新しい店が開店しましてね」

「なんの店なんだ？」

のぞき込むが、客が密集していてよくわからない。

「かまぼこ屋ですよ」

「そうなのか」

かまぼこは好きなので、うまいなら酒のつまみにでも買ってみてもいい。

「店主の比呂吉《ひろきち》ってのは、南茅場町で魚屋をしていたんですが、そのころからかまぼこをつくってましてね、うまいのであたしも仕入れてはいたんですよ」

「ああ、あんたのとこのかまぼこはうまかったよ。あれか」

「そうなんです。それで、かまぼこだけに専念したいというので、こっちに移ってきたわけでして」

「なるほどな」

買い物を終えた客が少しずついなくなって、店のようすがわかるようになってきた。

幟《のぼり》も何本か立っていて、

「それは、あたしが贈った幟でして」

と、卯右衛門が自慢げに指差した。

〈八丁堀新名物〉と、目立つ字で書いてある。

「なるほど。いいではないか」

「でしょ。流行ってくれると、あたしも嬉しいんで」

店の奥から、つくってあったかまぼこを店頭に持って来た男が、店主の比呂吉らしい。三十前後といったところか。眉も目も、鼻も口も、ぜんぶ横並びに揃えたような、いかにも律義そうな顔立ちである。

ただ、開店日だというのに、表情が暗そうに見える。なまじ、店が新しく、景気のいい幟だの貼り紙だのがあるために、ひどくそぐわない感じがする。

「なんだか、店主は元気がないみたいだな」

と、桃太郎は言った。

「やっぱりそう見えますか？　いや、あたしもそう思ったんです。昨日、話をしたんですが、こんなに暗い男だったかなと思いました」

「なにかあったのかな。あんた、急に店賃をつり上げたりしてないだろうな」

「また、そういうことを」

「だが、なにかあったんだろうよ」

「ええ。じつは、あれには女房がいたはずなんですが、いなくなってるんですよ」

「女房がな」

「しかも身重で、もうそろそろ産まれるというころだったんです」

「じゃあ、お産でなにかあったのか?」

「だったら、葬式を出していて、こんな開店どころじゃないでしょう」

「まあな」

桃太郎はうなずいた。

「わうわう」

桃子が指差すようにして、なにか言った。

「どうした、桃子?」

「あうあう」

指差すほうを見ると、店のなかに仔犬がいた。白い、まだ埃の固まりみたいな仔犬である。このかまぼこ屋が飼っているらしい。

「おう、わんわんがいたなあ。可愛いなあ」

「あんな犬なんかも飼ってなかったはずなんですがねえ」

と、卯右衛門が言った。

「あんた、訊いてみりゃあいいだろうが。図々しいんだから」

「図々しいはひどいですよ。いや、いちおう昨夜、訊いてみたんです。女房は、どうしたんだ？って」

「お、訊いたのか。それで」

「なにも言わねえんです。暗い顔でじいっと下を向いてしまって」

「ほう」

「あんな顔されたら、それ以上は訊けませんよ」

「なるほどな」

店のなかを見ていた桃太郎だったが、ふと目を瞠った。

「どうしました？」

卯右衛門が訊いた。

「あそこに、額みたいにして飾ってあるやつだがな」

店の間口は二間ほどで、売り場は店頭に台が置いてあるだけである。奥のほうが調理場になっていて、桃太郎が指差したのは調理場の入り口あたりの壁だった。

「ああ……え？　なんですか、あれ？」

それには、こう書かれてある。

乳吸

夜悲

「なんて、読むんですかね？」

「うむ。漢語ふうに読めば、乳吸えば夜は悲し、かな」

「どういう意味です？」

「さあな」

桃太郎も首をかしげるしかない。

と、そのとき。桃子が急に足をばたばたさせた。

「かあかあ、かあかあ」

「どうした、カラスでもいたか」

桃子の見ているほうに目をやると、用事を済ませた珠子がもどって来たところだった。

「ああ、桃子」

珠子が母の笑顔になった。

「かっかっか」

落ちそうになるほど手を伸ばし、桃子は珠子のほうに移動した。やっぱり、じいじより、おっかさんで、これはもう仕方がないことだと、桃太郎もそこは諦めている。

「どうしたんです？　あら、新しい店なんですね」

と、珠子が言った。

「うん、かまぼこ屋ができたんだが、あそこにある額みたいなやつだが、めでたい開店には似つかわしくない文句だなと思って」

「え？　乳吸えば夜は悲し……でしょうか？」

「だろうな」

「ああ」

と、珠子は切なそうに眉をひそめた。

「どうした？」

「いえね。意味はわからないんですが、なんだかきゅうんと胸が締めつけられるような気がしたんですよ」

珠子はそう言って、桃子を抱いた手に、ぎゅっと力を入れた。

二

その日の昼——。

桃太郎が昼飯を食うのに、卯右衛門のそば屋に来てみると、ちょうどほかの客と話し込んでいるところだった。

「あ、愛坂さま。この男は、南茅場町で大家をしている佐賀兵衛《さがべえ》って男なんです。ほら、比呂吉が住んでいた長屋ですよ」

「ああ、なるほど」

「ちょうどうちに来たんで訊いてみたんです。そしたら、やっぱり変なんですよ」

「変？」

桃太郎は佐賀兵衛を見た。

「ええ。五日ほど前です。あれの女房で、おきたさんといったんですが、夜中に産気づいたみたいで、産婆が駆けつけてきたりしてたんです。まあ、夜中だったんで、あたしも朝になってからようすを見に行こうと思い、寝てしまったんですが」

佐賀兵衛は皺だらけの顔を、さらに折り畳むみたいにして言った。

「うむ」

「それで、朝、ようすを見に行ってみると、どうも変なんですよ」

「どう変なんだ？」

「入れてくれないんです、比呂吉がなかに」

「ほう」

「あたしは大家だよ。店子の心配をするなというのかい？　と、比呂吉を押しのけるようにして、無理やりなかをのぞいたんです。おきたさんが、布団に横になっているのは見えました」

佐賀兵衛の顔がいかにも深刻そうだったので、桃太郎も眉をひそめ、

「亡くなったのか？」

と、訊いた。

「いえ、生きてました」

「なんだよ」

「ただ、泣いているみたいでした」

「死産だったんだ？」

「だったら、それらしいことになってますでしょう。亡くなった赤ん坊だって、どうにかしてあげますし」

「そりゃあそうだ」

「それで、そのわきに仔犬がいましてね」

「仔犬が？」

「きゅんきゅん啼いてました。さらに、なかからお侍が出てきましてね」

「侍が？」

「帰れと言うんです。あたしを怖い顔で睨みつけましてね」

「なんだ、それは？」

桃太郎は呆れたような顔をした。ずいぶん奇妙な話になってきた。

「わかりません。でも、あっしも仕方なく、引き上げることにしました。それで路地のところを出ますと、ほかの店子でおちょんていう、これは水商売上がりでいまは近所の楊弓場《ようきゅうば》で働いている女なんですが、それがあたしの耳元に口を寄せて、こう言うんです。大家さん、おきたさんは、犬の仔を産んだんだよって」

「犬の仔を産んだだと？」

これには桃太郎も目を丸くした。

そこへ、卯右衛門が、

「ほら、愛坂さま。いましたでしょ、店に小さな仔犬が。あれがそうじゃないですか」

と、口を挟んだ。

「そんな馬鹿な」

桃太郎は思い切り顔をしかめた。

「たしか、馬琴《ばきん》の八犬伝《はっけんでん》も、姫さまが犬の仔を身ごもって」

「あれはつくり話だろうが」

「でも、そう考えたほうが、あのときの異様な雰囲気がなるほどと思えるんですよ」

と、佐賀兵衛は言った。

「おいおい、お前たち、いい加減にしろ。人間が犬の仔なんか産むわけないだろうが」

「そうですかね」

佐賀兵衛は不満そうに口を尖らせた。

「だいたい、侍が出て来たというのも変だろうが」

「ええ。ただ、よく考えると、それは変でもないんです」

「なんでだ？」

「うちから、箱崎《はこざき》のほうにちょっと行ったところに、下総関宿藩《しもうさせきやどはん》の久世《くぜ》さまの中屋敷があるんですが」

「ああ、あるな」

「おきたさんは、そこで女中勤めをしていたんです」

「ほう」

「ですから、そこのお侍がいらしてたんじゃないかと、これはあとになって思ったんですが」

「いや、それも変だぞ」

「そうですか？」

「おきたはすでに、屋敷から出て、比呂吉の嫁になっていたんだろう？」

「ええ。ちゃんと、祝言らしきものもしましたよ。あたしも立ち会いましたから」

「それが、いまさらおきたのところになど来るわけないだろうが」

「そうですか？」

「まあ、子ができたと話を聞いて、女中仲間が祝いでも持って来るようなことはあるかもしれぬが、藩士が来たりはせぬ」

「では、藩士ではなかったのかも」

「おきたは町人の娘ではないのか？」

「いや、父親は下総の関宿で、船頭をしていると言ってました」

「それで、比呂吉とは中屋敷にいるとき知り合ったのか？」

「はい。比呂吉が魚やかまぼこを納めていて、それで台所で働いていたおきたと話すようになったそうです」

「ふうむ。だが、おちょんとかいう女は、なんで犬の仔を産んだなどと言ったのだ？」

「なんででしょう。あまりに突飛な話で、わけを訊ねることもしなかったです」

「どうも奇妙な話だなあ」

そう言って、ようやくそばをたぐり出した。話に夢中になり、桃太郎には珍しく、箸を取るのも忘れていた。

「愛坂さま。これはもう、ぜひ謎解きを。あたしからのお願いで」

と、卯右衛門が言った。

大家の頼みでは断われないが、桃太郎はかなり面倒な話になりそうな気がした。

三

桃太郎は、とりあえず佐賀兵衛の長屋に行き、おちょんの話を聞いてみることにした。おちょんは、昼過ぎまでは家にいるらしい。

「ごめんよ」

桃太郎が戸を開けると、おちょんは土間のところで腰巻だけはつけているがほとんど裸のまま、手拭いで身体を拭いているところだった。

「おっと、失礼」

桃太郎は慌てて、戸を閉めた。

「いえ、いいんですよ」

と、なかで声がした。媚びを滴《した》るくらいに含んだ声である。

「よくはないだろう」

と、外で桃太郎が言った。

「御用でしょ？」

「まあな」

「だったら、なかでお待ちくださいな」

「いや、着替えが終わってからでいいよ」

「お堅いのね」

「……」

なんだか、話はいいからこのまま帰りたくなってきた。

と、戸が開いた。

「すみません、お待たせして」

着替えが終わったとは思えない。浴衣をだらしなく着て、細紐を帯がわりに結んだだけの恰好である。

「ちと、訊きたいのだがな」

「なかで」

「いや、ここでよい」

「まあ」

　おちょんは意外そうに目を瞠った。

　歳は四十くらいか。元の器量はかなりよかったのだろうが、顔じゅうに悪い油を塗りつけたみたいな、独特の不潔感が漂っている。

　桃太郎もこういう言葉は使いたくないが、いままでどれだけ背中に「莫連女」だの「あばずれ」だのと言われてきたことか。どれだけそうした非難の言葉を、「ふん」とあざ笑い、気にせずに生きてきたことか。そうした人生の軌跡が、容易に想像できる見かけだった。

「あんた、大家におきたが犬の仔を産んだと言ったらしいな？」

「ええ、言いましたけど。それが？」

「なんで、そう思ったんだ？」

「だって、赤子の泣き声なんか聞いてないんですよ。でも、仔犬のきゅんきゅんという声は聞きました。はっきりとね」

「すぐに泣かない赤ん坊もいるだろうが」

「ずっと泣いてませんよ」

「ふうむ」

「しかも、あたしははっきりこの目で見たんです。おきたさんが、仔犬に乳をあげているところを」

「嘘をつけ」

「嘘なんか言いませんよ。これで、犬の仔を産んだと思わなかったら、話の辻褄《つじつま》が合わないでしょうが」

おちょんはそう言って、胸元に風を入れるようなふりをして、胸をはだけさせた。慌てて目を逸らしたが、桃太郎は乳首らしいものを見てしまい、早くその残像を消そうと、何度も目をしばたたかせた。

「そのとき、家のなかにほかの人間はいなかったか？」

「比呂吉さんがいましたけど」

「ほかには？　侍はいなかったか？」

「ああ。お侍は見ましたけど、そのときはいませんでしたね」

「子どもを取り上げたのは、産婆だよな？」

「ええ。お産婆さんは早めに来てましたよ」

「早めに？」

「あたしがなにか手伝うことある？　って聞いたら、なにもいらないって、意地悪そうに言いました。なに、あの、感じ悪い産婆」

「そのとき侍は？」

「ああ、たぶんいたと思います」

「侍は浪人者みたいだったか？」

「いいえ。きちんと月代《さかやき》も剃って、こぎれいな着物や袴で、旦那さんみたいにこざっぱりしてましたよ」

おちょんは、顎を突き出し、眉をきゅっと上げてみせた。いかにものしなつくりである。

「産婆はこのへんに住んでいるのだな？」

「いいえ、見たことない産婆でしたよ。しかも、武家の女みたいな、格式張った感じでしたし」

「その後、産婆や武士は見かけたか？」

「いいえ」

ほかには訊くこともない。

桃太郎は巾着から銀一匁（およそ二千円）を出し、

「いろいろ、ありがとうよ。あんた、犬の仔の話は言って回らないほうがよいぞ。くだらぬ話を触れ回ると、手が後ろに回るかもしれぬ」

「わかりました。あたし、旦那さまみたいな方にお世話になりたいわ」

「すまんな。わしはいま妾が五人いて、とても余裕がないのだ」

桃太郎はそう言って、泥棒猫のように素早く退散した。

四

「たしかに奇怪な話だった」

桃太郎は、卯右衛門のそば屋にもどって来て言った。

「そうですか。やはり、犬の仔を産みましたか？」

卯右衛門はまだ信じている。

桃太郎は苦笑して、

「いや、それはないだろう。子どもを取り上げた産婆の話が聞きたいのだが、あのあたりでは見かけない産婆らしい。武家に出入りする産婆みたいだったというから、探し当てるのも難しそうだな」

「ははあ。そういうのじゃ、見つけてもなにも話さないかもしれませんな」

「やはり、比呂吉に直接訊かないと駄目だろう」

と、桃太郎は言った。

「では、行きますか？」

桃太郎は、卯右衛門といっしょに、比呂吉のかまぼこ屋に向かった。

かまぼこ屋は、今日も大繁盛だったらしく、ほとんどが売れてしまっていた。

「凄いな。もうすぐ売り切れか」

卯右衛門が声をかけると、

「ええ、おかげさまで」

と、比呂吉は笑みも見せずに言った。

「なあ、比呂吉。こちらは愛坂さまとおっしゃって、お目付をなさっていた方でな。いまは、あたしの長屋にお住まいなのだが、あたしが頼む面倒ごとは、なんでも解決していただけているんだ」

「……………」

比呂吉は黙ったまま、桃太郎を見た。

「それで、あんたになにかとんでもない災厄が襲いかかったことは、あたしたちも気がついたんだ。佐賀兵衛さんも女房がいなくなったみたいだって、心配しているぞ。だから、あんたの身に起きたことを話してみなよ」

卯右衛門は、労わるような口調で言ったが、

「勘弁してください」

比呂吉は暗い顔のまま首を横に振った。

「なぜだ？」

「駄目なんですよ」

「脅されているんだな？」

わきから桃太郎が訊いた。

「……」

「お前がなにか話すと、女房や子どもに危害が加えられるのか？」

「ええ」

と、比呂吉はうなずき、うつむいた目から涙が落ちた。

「だが、黙っているだけでは、なにも解決はせんだろう？」

「……」

「黙っていれば、女房や子どもは帰って来るのか？」

「それもないと思います」

「だったら話したほうがよい。もしかすると、わしらがなんとかできるかもしれないが、起きたことがわからなければ、どうしようもないのだ」

「なんとかできないと思います」

と、比呂吉は絶望感を漂わせて言った。

「比呂吉。愛坂さまのご子息は現役のお目付だぞ」

卯右衛門が言った。

「でも、あっしにもよくわからないことだらけなんです」

「なぜだ。ずっとそばにいたのだろう？」

桃太郎が訊いた。

「いや、赤ん坊が産まれる前後あたりは、産婆に男が見るもんじゃないって言われて、家から出て、河岸のところで待っていたんです」

「侍はどうした？　侍がいっしょにいたんだろう？」

「ああ、あの人もあたしといっしょに」

「では、産まれるときはおきたと産婆と二人だけか？」

「もう一人、お女中みたいな人が途中から手伝いに来ました」

「そうなのか」

「それで、いつまで経っても産まれたようすがないので、見に行ったのです。そうしたら、おきたの枕元に仔犬がいて、産婆が驚いたことが起きましたって」

「おきたはどうしていた？」

「そのときはただぐったりしていて」

「もう一人の女中はいたのか？」

「さあ、いなかったと思います」

「それで、どうした？」

「あっしは訊きました。まさか、犬の仔を産んだのかと。産婆はそうだと言うようにうなずきました。あっしはびっくりしてしまって」

「それはそうだ」

と、桃太郎も同情し、

「おきたはそれからどうした？」

さらに訊いた。

「産婆に、乳を飲ませてやれと言われて、飲ませたりしていたみたいです」

「人の乳を飲んだのか？」

「飲んでいたと思います」

「おきたは、自分が犬の仔を産んだと思ったのか？」

「じゃないでしょうか。これは、あたしの子ですか？　と訊いて、産婆がそうですと答えていましたから」

「なんてこった」

桃太郎は頭を抱えた。

産んだ当人まで信じているようではどうしようもないではないか。

たぶん、下総関宿藩の藩邸の者がなにか関わっている。が、そうそう訊きに行けるはずがない。

桃太郎はため息をつき、額のようなものに貼った紙に目をやった。「乳吸、夜悲」と書かれたやつである。

「これは誰が書いた？」

「おきたです」

「達筆だ」

「筆使いは自慢だったんです。お屋敷の女中をしているときに習ったりしたらしくて、あっしの嫁に来てからも、ときどき書いてました」

上が不自然に切れている。斜めに切ったようだが、破ったのではなく、鋭利な刃物できれいに切られているのだ。

「これには上もあったのではないか?」

「ありました」

「なんて書いてあった?」

「それは読む前に切り取られたので」

「誰が切った?」

「お侍です」

比呂吉は、つらそうに顔を歪めて言った。

「関宿藩の者だな?」

「……………」

「また来たのか? 一度、いなくなって、また来て、今度はおきたを連れ去ったのか?」

「……………」

比呂吉は深くうなだれ、涙を流すばかりだった。

五

今度ばかりは桃太郎にも解決策が思いつかない。

目付筋から伝手をたどるにしても、あまりにも事情がわからない。犬の仔を産んだ元女中が連れ去られたでは、三流瓦版のネタくらいにしかならない。

妙案はないか。こういうときは、歩き回ったりすると、意外な妙案が浮かんだりするものである。

桃太郎は長屋を出て、霊岸島のほうに歩き出した。

今日は冷えている。綿入れを羽織り、襟巻もした。それでも、指先とか目玉が冷えてしまう。指先の冷えは剣を遣うときに、目玉の冷えは敵の動きを見極めるときに、重大な障害になる。若いときは、こんなことはなかったのだ。

――森山平内などはどうなのかな。

若いとは言えない歳だろうが、桃太郎ほどの衰えはないだろう。

なんとか、対応策を練っておかねばならない。

霊岸橋を渡って、次に左手の湊橋《みなとばし》を渡れば箱崎である。この先に四つほど大名家の中屋敷や下屋敷が並ぶが、下総関宿藩の中屋敷はいちばん手前にある。

屋敷の外をぐるりと回ってみた。

久世家の現当主は、久世大和守広周《やまとのかみひろちか》だが、この人は旗本の大草《おおくさ》家から養子に入ったはずである。

——そうだ。大草高好《たかよし》の倅だ。

と、桃太郎は思い出した。

大草高好とは、目付時代に同僚だったときがある。

桃太郎とは違った意味で、仕事のできる男だった。それもあって、目付から長崎奉行に栄転した。そのあとも動いたはずである。

——あいつに頼むか。

と、思ったとき、

——あ。

嫌なことを思い出してしまった。

大草が惚れていた料亭の女将を、桃太郎が奪ってしまったことがあった。奪ったというか、あれは女将が大草の求愛から逃れるため、桃太郎にすり寄ってきたのではなかったか。

「大草さまって、苦手なの」

と、女将は言ったものだ。

「どこが？　いいやつだぞ、あいつは」

桃太郎はむしろ推奨したくらいなのだ。

「だって、口説いているつもりなんでしょうけど、あたしに暗いところに行こう、暗いところに行こうってしつこいの」

「暗いところに行こうか。あっはっは」

「愛坂さまがそう言ってくれたら、あたしは喜んで行くんだけど」

女将はそう言って桃太郎に迫ったので、つい抱き寄せ、口吸いをしてしまった。

ところが、そのすぐそばに大草がいたのだった。

以来、大草は桃太郎と目を合わせなくなった。

長崎奉行になって目付職から抜けたのは、そのすぐあとのことだった。

――駄目だ。あいつには頼めぬわ。

桃太郎は、舌打ちした。

関宿藩の中屋敷を外塀に沿って一回りしたが、妙案は浮かばない。

仕方なく引き返そうと、湊橋を渡ったとき、霊岸橋のほうから見覚えのある男が前を横切って行くのが見えた。付け髭《ひげ》をしている。ちょん髷《まげ》は結わず、総髪に伸ばしたのを後ろで束ねている。

だが、さも能天気そうに見える歩き方でわかった。

中山中山だった。

――まったく、出歩くなと注意しておいたのに。

桃太郎は苦笑した。怒ってやりたいが、しかし中山というのは憎めないやつである。出歩く中山が悪いのではなく、ああいう男をつけ狙うやつのほうが悪いのだ。

声でもかけようと思ったとき、中山の後ろを、懐手の町人が歩いているのが見えた。

――つけられている。

背筋がぞっとした。このままだと、新川の酒屋の蔵が隠れ家になっていると知られてしまう。

「おい、親分!」

桃太郎はわざと大きな声で呼んだ。

懐手の町人も、中山中山もこっちを見た。

だが、桃太郎は中山には目を向けず、

「たしか、人形町の親分だったな」

男は逃げようとするが、桃太郎はさらに大きな声で、

「この前、いっしょに飲んだじゃないか」

と、追いついてしがみついた。

「よしてくれ。あんたなんか知らないよ」

男は慌ててふりほどこうとする。

ちらりと中山を見ると、桃太郎に気づいたらしい。だが、意図していることには気づかず、あきれたようにこっちを見ている。

桃太郎は、しがみついた男に気づかれないよう、目くばせをし、顔をしかめ、舌を出して、

「早く逃げろ」

と、合図を送った。

それで中山はようやく気づいたらしく、踵《きびす》を返すと、急いで逃げて行った。ど

うにか逃げられたが、あの隠れ家を知られてしまっているのかどうかはわからない。

森山平内へのとどめは、急ぐべきなのだろう。

「あれ？　違ったか？」

桃太郎はようやく男を離した。

「なんだよ、あんた！」

「いや、すまぬ。わしの知っている男にそっくりだったので。すまん、すまん」

桃太郎は後じさりし、それから速足で逃げ出した。

「まったく、この糞じじい！　ボケ！　転んで死ね！」

男は叫びつづけていた。

六

長屋にもどって来ると、家の前に蟹丸がいて、

「あ、愛坂さまがもどってらした」

と、嬉しそうに言った。

「どうかしたのか？」

桃太郎が訊ねると、桃子を抱っこした珠子が出て来て、

「急なお座敷がかかったんです。あたしと蟹丸に」

と、言った。

二人は別々の置屋だが、このところいっしょに声がかかることが多い。日本橋の売れっ子二人で、お座敷での芸の相性もいいらしい。

「お断わりしようと思ったけど、めでたい席だからと、ずいぶんなご祝儀もいただけるみたいで」

「桃子を預かればよいのか」

「はい」

お安い御用というか、この世でいちばん嬉しい仕事である。

「そうか、そうか。桃子、じいじと留守番だと」

桃子を抱くと、涎だらけの手で桃太郎の顔を撫でまわした。顔じゅうべとべとで、唾臭くなってしまう。それでも、まったく気持ち悪くないどころか、ずっとやっていてもらいたい。

「それで、どこの料亭だ？」

〈百川〉だったら、いっしょに行ってもかまわない。

「それが料亭じゃないんです。箱崎にある下総関宿藩の中屋敷なんです」

「なんだと！」

桃子が驚いたくらい、大きな声になった。

「どうかしたんですか？」

「ああ、じつはな……」

と、桃太郎は二人にここまでのことを語った。

「まあ」

珠子が驚き、

「偶然ですね」

と、蟹丸が言った。

「いや、偶然というほどではないかもしれぬ。めでたい席というのは？」

「なんでも若さまにお子ができたとか」

「ほおらな」

桃太郎の頭のなかで、つながってきたものがある。

「まさか、消えた赤ちゃんが？」

と、珠子も察したらしい。

「うむ」

桃太郎がうなずくと、

「そっちも犬の仔ってことはないですよね」

と、蟹丸が突飛な推測をした。

「そんなことがあるわけないだろうが」

「ちょうどいいじゃないですか。あたしと蟹丸で、できるだけようすを探ってきますよ」

「うむ。くれぐれも気をつけるのだぞ」

祝いの席で芸者二人になにか起きるはずもないが、いちおう桃太郎は注意を促した。

珠子と蟹丸は、愛用の三味線を抱え、下総関宿藩中屋敷の門をくぐった。

「本日はお呼びいただきましてありがとうございます」

「うむ。よく来てくれた」

と、用人らしき人が席へ案内してくれる。

廊下を何度か曲がり、コの字のかたちを屋敷の北側の外れまで来た。

――若さまにしては、外れのほうだこと。

珠子はそう思った。

部屋は二十畳ほどあり、お膳が七、八人分ほど。

祝いの宴というよりは、身内だけの祝いといった席のようである。

奥の席に若さまらしき人が座っている。後ろには、めでたいときに飾られるような、鶴と亀を描いた金屏風が立てられていた。

「これは、どのようなお祝いなので？」

と、珠子は用人にそっと訊いた。

「うむ。わこがお生まれになったので、内祝いじゃ」

そう言った用人の表情には、微妙なものがある。

「いろんなお祝いの唄がありますが？」

「うむ。あまり目立たなくてよいから、めでたい気分になるような曲を、うるさくないようにずうっと弾いていることはできるか？」

訊かれて珠子は蟹丸とうなずきかわし、

「もちろんですよ」

「じゃあ、それで頼む」

それから用人が挨拶し、赤ちゃんを皆に見せるようにしてから、

「今日はざっくばらんな会ゆえ、気楽に飲み食いしてくれ」

ということになった。

赤ちゃんを抱いているのは、初老の女だが、どういう間柄なのかはわからない。その隣に丸顔の若い女がいて、一度、後ろを向き、赤ちゃんに乳を含ませていた。あの女が、比呂吉の女房のおきたではないか。

酒席がだいぶ乱れてきた。三味線に耳を傾けている人もほとんどいない。新米芸者などはこうなると大いに気を悪くしたりするが、珠子などは慣れたもので、手を抜いてもいいご祝儀がもらえるのだからと、怒るわけがない。

そのうち、即興の唄をうたった。

〽乳吸えば　夜は悲し

すると、正面にいたおきたらしき女が目を瞠ったかと思ったら、さりげなく珠子のところにやって来て、

「なぜ、その唄の文句を？」

と、訊いた。

「近ごろできたかまぼこ屋に貼ってあったの」

「それはあたしが書いたのよ」

「そうなんですか」

と、珠子はとぼけた。

「その文句は半分だけです」

「半分？」

「そう。あの人に二つに切られ……」

と、左手で酔いつぶれている武士を指差し、

「上半分は火鉢の炭火で焼かれてしまったの。都合が悪かったんでしょう。じつは、こうなの」

と、手のひらにすばやく指で書いた。

犬仔乳吸
人母夜悲

「犬の仔が乳を吸えば、人の母の夜は悲し？」

「そんなとこかしら」

「そんなんじゃないの。字の稽古をするうち、自然にこんな文字が並んだだけ」

「漢詩？」

「どういう意味？」

「それは言えない」

と、おきたは首を振った。すると、正面の若い男が、

「おきた！」

と、大声で呼んだ。

もどろうとするおきたに珠子は、

「ねえ、家に帰りたい？」

と、訊いた。

おきたは顔をくしゃくしゃっと歪め、

「もちろん。あの子といっしょに」

そう言って、正面にもどって行った。

七

珠子と蟹丸がたっぷりのご祝儀や、四、五人前ほどある重箱といっしょに長屋にもどって来た。その長屋では、桃太郎だけでなく、話を聞いた卯右衛門が比呂吉も連れて来て、帰りを待っていた。

「どうだった？」

桃太郎が訊いた。

「ええ、おきたさん、いましたよ」

珠子がそういうと、比呂吉は大きくうなずいた。

「あたしが、乳吸えば夜は悲しという文句を唄にしたら、おきたさんがそっとそばに来たんです」

「それはよくやった」

と、桃太郎は感心した。

「すると、その文句には上半分もあったんですって」

「やはりそうか」

「それはこうです」

珠子はそれを紙に書いてみせた。

「なるほど。犬の仔が乳を吸えば、だろうな」

桃太郎が言うと、

「左は？」

卯右衛門が訊いた。

「人の母の夜は悲し、だろう」

「おきたさんもそうだと言ってました」

と、珠子がうなずいた。

「どういう意味です？」

蟹丸が訊いた。

「犬の仔に乳をやったんだろうな」

「ええ」

と比呂吉は言って、目を閉じた。そのときのことを思い出したのだろう。

「犬の仔が吸いますか？」

「吸ったんだろう。だが、自分は犬の母ではない。人の子の母だ。それで、夜中に悲しくてたまらなくなったんだろう」

「ああ、可哀そう」

「赤ん坊は、産婆ともう一人の女中によって、すばやく犬の仔と取り替えられた。赤ん坊は長屋を出てから泣き声をあげさせたのだろうな。それからすぐに、中屋敷のほうに連れて行ったに違いない」

「ひどい」

珠子が呻くように言った。

「おきたも最初は信じたかもしれない。だが、すぐに気がついたはずだ。人の母と書いているではないか」

「そりゃあ気づきますわな」

と、卯右衛門が、犬の仔説を信じたにもかかわらず、大きくうなずいた。

「おそらく、おきたは若さまに手籠めにでもされたのではないか。ま、若さまとは言っても、中屋敷でごろごろしているくらいだから、藩主でないのはもちろんだが」

桃太郎は比呂吉を気づかうような顔をして言った。

「そんな暴力をふるうようには見えませんでしたけどねえ」

珠子は言った。

「どんなふうなのだ？」

「情けない、甘ちゃんふう」

「おきたというのは、青二才が好んだりする絵に描いたような美人なのか？」

と、桃太郎は訊いた。

「美人というか、いかにも人のいいおかみさんふうの人ですよ。ね？」

珠子が比呂吉を見ると、

「ええ。美人なんかじゃありません」

と、比呂吉は言った。

「なるほどな。そういうのを好む男もいる」

と、桃太郎は納得し、

「それで、赤ん坊を連れて行ったはいいが、今度は乳を飲まなかったりして、やはりほんとの母親も連れて来いとなったんだろう」

「ははあ」

卯右衛門も、これですべてわかったというように、ぽんと手を叩いた。

「ひどい話さ」

桃太郎は怒りがこみ上げてくる。代えの赤ん坊が見つからなかったのだろうが、犬の仔でごまかそうなどとは、馬鹿にするのもいい加減にしろと言いたい。

「ほんと」

「町人を舐めているのだ。だが、すでに母子は向こうの手のうちにある。比呂吉は手出しはできない。二人の命が惜しければ、きさまはなにも言うなと、念を押して行ったのだろうしな」

桃太郎がそこまで言うと、皆はじっと比呂吉を見た。

八

だが、比呂吉は黙っている。相当に脅しが効いているのだ。

「言わなくてもいい。わしの推測が当たっていたら、うなずいてくれ」

桃太郎が言うと、比呂吉はしばらくこぶしを握り締めたまま黙っていたが、ついに大きくうなずいた。

同時に涙が溢れた。

珠子はそっと目頭をおさえ、蟹丸は大声で泣いて、桃子をびっくりさせた。

すると比呂吉が、声を震わせ、

「産まれたのは、若さまの子なんかじゃねえ。あれはぜったい、おれの子です。おきたも言ってました。あたしは若さまの子なんか孕むわけがない、あたしは犯されてなんかいないって。若さまは、女の身体のことなんか、なんにもわかっていないって」

と、言った。

「それはほんと。あたしも赤ちゃんの顔を見た。比呂吉さん、そっくり。ぜんぶ横並び」

珠子がそう言うと、比呂吉は泣きながら笑った。

「よし、これでわかった」

と、桃太郎は言ったが、取り戻してやるのは容易ではない。

——大目付にでも相談するか。

とも思った。

大名たちを監視する大目付は、常時、五人ほどいるが、そのうちの三人とは親しく口を利いていた。桃太郎を大目付にと推薦してくれた人物もいる。

ただ、大目付というのは儀礼的な職務でもあり、いざ動くとなると、けっこう時間がかかってしまうだろう。

——あれを使うか？

と、桃太郎は書架の隅に置いてある金の鬼瓦を思い出した。北条屋の屋根から文太《ぶんた》が盗み取ったものである。

森山平内にとどめを刺すため預かっているが、あれを使って中屋敷に騒ぎをつくり出し、どさくさに紛れておきたと赤ん坊を救い出すか。

そうなると、いくら中屋敷あたりはたいして警護の武士がいないとは言っても、相当な力ずくになってしまう。

味方になってもらうとしたら、朝比奈留三郎と、駿河台の屋敷から腕の立つ中間を四、五人連れて来るくらいだろう。

だが、やはりあれは森山平内のために取っておきたい。

「ううむ。久世広周のおやじは目付時代に同僚だったのだがなあ」

思わず愚痴が出た。すると、

「え？　愛坂さま、いま、なんて？」

と、蟹丸が目を瞠った。

「いやな。あそこの藩主である久世広周というのは養子で、父親は大草高好といって……」

「久世さま？　広周さま？」

「ああ」

「なあんだ、久世さまって下総関宿藩の藩主だったの？」

蟹丸は嬉しそうに笑った。

「知っているのか？」

「お座敷でよくお会いするの。三年前くらいから。真面目でいい方。芸者に対しても、きちんと接してくれるし。まだ、若いですよ。あたしとそう変わらないくらい」

「ああ、そうらしいな」

関宿藩はなにやらごたごたがあって、久世広周はぎりぎりで末期養子として認められたはずである。

「なんだ、久世さまだったら、あたしからなんでも頼めますよ。上屋敷もここから近かったはずですけど」

「行けるのか？」

「たぶん。上屋敷の用人さんも存じ上げてるし」

「では、頼むか」

意外ななりゆきに、皆、呆然としていた。

九

その翌朝である。

「ここです、ここ」

路地のところで蟹丸の声がした。

桃太郎は、ちょうど桃子をおんぶして、近所に散策に出ようとしていた。

「え?」

若い武士と、四人ほどのお付きの者らしい武士がいた。

「まさか……」

「あ、愛坂さま。久世さまがご挨拶したいって」

なんと大名を連れて来た。

連れて来るほうもだが、じっさい来るほうも凄い。

奏者番として城に上がるという話もあるらしいが、いまは無役だと聞いてい

いるのだろう。若いこともあって、家来を数人連れるだけで、江戸の町も気軽に歩き回って
た。

「愛坂さま。お初にお目にかかります」

赤ん坊を抱いた桃太郎を、面白そうに見た。

「これはわざわざ」

「蟹丸からいろいろご活躍は伺いました」

「活躍などは」

「うちの中屋敷にいる竹丸《たけまる》が、ひどい悪さをしたみたいで」

久世は率直に言った。

「あ、いや」

「あれは、わたしの親戚筋の者で、いろいろ訳あって、いまは中屋敷のほうにいるのですが、どうも屈折したところがありまして。母の情愛に飢えていたり、やたらと自分の子を欲しがったり、まだ十七なので、よくわからないところもあるのですが」

「ははあ」

「犬の仔を使って、赤子を取り上げたとか」

「そうなのです」

桃太郎がうなずくと、

「久世さま。その赤ん坊は、かまぼこ屋の比呂吉さんそっくりですよ。一目見たらわかりますから」

と、蟹丸が言った。

「わかった。さっそく、いちおう竹丸の話は聞いて、赤ん坊とおきたとやらを比呂吉に返すようにしよう」

いつの間にか外に出て来ていた珠子も、

「よかった」

と、小さく拍手した。

「ありがとうございます、久世さま」

桃太郎は深々と頭を下げた。これで、きれいにことは落着する。

「いいえ、当然のことです」

と、久世は言った。爽やかな若者だった。

その爽やかさのせいで、

「じつは、わしはお父上の大草どのと、目付時代にごいっしょしたことがござる」

　と、桃太郎は口を滑らせた。

「ええ。お聞きしておりました」

「そうですか」

「目付のなかでいちばん仕事ができ、剣の腕も立ったと」

「そんなことは……」

「しかも、女にもたいそうもてて」

「え」

「わしは惚れていたおなごを愛坂さまに奪われたこともあったと」

「あ。やはり恨まれておりましたか」

　桃太郎は頭を抱えた。やはり余計なことを言い出すのではなかった。

「とんでもない。父はすでに娶《めと》っておりましたし、危うくよからぬ道に行くところだったと。愛坂さまのおかげで助かったと申しておりましたよ」

「そうなのですか」

「遊びに行ってやってください。父も喜ぶと思います」

　久世広周にそう言われ、桃太郎は大いに喜び、照れもしたのだった。

ちなみにだが、この久世広周は幕末に老中となる。ペリー来航の際は、筆頭老中だった阿部正弘《あべまさひろ》とともに開国に尽力した。

が、阿部が早逝《そうせい》し、その後、やはり開国派の井伊直弼《いいなおすけ》が筆頭老中になると、井伊が進めたいわゆる〈安政《あんせい》の大獄《たいごく》〉には、苛烈過ぎるということで猛反対し、ついには罷免《ひめん》されてしまった。「ほど」というのを心得た為政者だったのだろう。

第四章　赤い雪

一

雲が低い。

二階の窓から空を見ると、雲に手が届きそうである。

桃子が窓のところで摑まり立ちしながら空を見ている。いまは、桃太郎の部屋に来ているのだ。もちろん、抱いて上がり、階段のところには蒲団を重ねて置き、落ちたりしないようにしてある。

雲には深海魚のはらわたみたいな凹凸があり、不気味な気配を漂わせている。

桃子も気味が悪いのだろう、空を見る表情に緊張がある。

突然、空が光った。

「あ」

桃太郎は慌てた。

つづいて大きな音が来るはずである。桃子がびっくりするだろう。

そう思って、抱っこしてやろうと思ったとき、
どーん。

と、凄まじい音がした。

「きゃっ」

桃子が悲鳴みたいな声を上げたかと思ったら、いつの間にか桃太郎に抱きついていた。

「うぇーん」

泣きじゃくった。

「よしよし。大丈夫だぞ。じいじがついているからな。じいじは雷なんか怖くないぞ。雷が桃子に向かって来たら、投げ飛ばしてやるからな」

桃太郎はそう言ったあと、

――あれ？

頭のてっぺんあたりに、疑問が浮かんだ。

さっきまで窓辺にいた桃子が、いつの間にか桃太郎に抱きついたのだ。一瞬だけ目を離してしまったが、途中、ハイハイしたようすはなかった。桃子とのあいだは一間ほどはあったのだ。

ということは……？

泣きやみかけていた桃子に、

「いま、歩いたのか、桃子？」

と、訊いた。

もちろん、答えるわけがない。

まだ、摑まり立ちはできるが、歩いたりはしていない。桃太郎も見ていないし、珠子も歩いたとは言っていない。

だいたい最初の一歩というのは、よろよろっと一歩踏み出してから、ぺたっと尻もちをついたりするものだろう。いきなり五、六歩も歩けたりはしないはずである。

「ううむ。なんだったのかな？」

桃太郎は首をかしげた。

雷は一度だけだったらしく、空はまた静かになっている。

寒さが増してきたので、障子を閉めようとして、

「お、雪ではないか」

大粒の雪が降り出しているのに気づいた。

初雪である。

明日からは師走《しわす》だから、雪が降っても不思議はない。

「積もるかな」

桃太郎はそう言って障子を閉め、火鉢に炭を足した。

初雪は積もるまでは降らず、それどころか昼過ぎからはきれいに晴れ上がった。陽射しが暖かく感じられるほどである。

桃太郎は桃子をおんぶして、外に出た。

冬の陽射しは、浴びられるときにいっぱい浴びたほうがいい。そのほうが風邪をひかないと、桃太郎は昔から信じてきた。夏だと日焼けが心配だが、冬の陽射しはそれほど強くない。手足も着物をまくったりして、陽に当たるようにさせた。

桃子も気持ちがいいらしく、しきりに手足をぱたぱたさせる。

海賊橋のところに出て来ると、日本橋のほうから南町奉行所の同心である雨宮五十郎が急ぎ足でやって来た。

「お、雨宮さん。どうした？」

雨宮は急いでいるふうだったのに足を止め、

「これは愛坂さま。じつは、町方に急な動員がかかりまして、今日は内勤だったのですが、駆り出された次第です」

「なにかあったのか？」

「雷ですよ」

「雷？　とんでもないところに落ちたのか？」

「北町奉行所に落ちたのです」

「だったら、あっちだろう」

と、桃太郎は北町奉行所のある呉服橋《ごふくばし》のほうを指差した。

「いや、それはもういいんです」

「なにを言っているのだ？」

「雷が落ちたのは、裏の物置みたいなところなんですが」

「火事でも出たか？」

「いや、瓦が何枚か割れただけみたいです」

桃太郎は苦笑して、

「だったら大騒ぎすることはあるまい」

「ところが、北の連中は狙われたんだと騒ぎ出しましてね」

「狙われた？」

「蘭学者どもが、エレキテルを使って、あそこに雷を落としたのだと。でなければ、こんな時期に、一つだけ雷が落ちるなどというのは変だというのです」

「別に冬の雷など珍しくもないし、雲の動きが速かったから、一度落ちただけで済んだのだろう」

「ところが、連中は、というより与力の森山平内さまがもっぱら主張なさっているみたいですが、エレキテルというのは、雷をおびき寄せることができるらしいですね」

「そうなのか？」

桃太郎は首をかしげた。そんなことは初めて聞いた。アメリカのフランキリンとかなんとかいった人が、凧を使って雷を瓶に閉じ込めたとは聞いたことがあるが、それのことだろうか。

「それで、蘭学者たちは逆上していて、もはやなにをするかわからぬと」

「逆上しているのはどっちかな」

「わたしもそう思います。ですが、森山さまは、蘭学者どもはどうも霊岸島あたりに潜んでいる気配だから、北も南もなく、町方を総動員して一網打尽にすべきだとおっしゃってまして」

「霊岸島あたりとな」

桃太郎は内心、ヒヤリとした。町方が総動員してしらみつぶしに捜せば、中山たちも見つかってしまう。

「まずは箱崎から始めて、南に下るのだそうで」

「だから、そっちから来たのか」

「まったく疲れる話ですよ」

「そうだな」

「それでなくとも、森山さまは、音羽屋花三郎《おとわやはなさぶろう》が江戸にもどったらしいというので、ご自分が雷みたいにカリカリしてましてね」

「音羽屋花三郎？　久しぶりに聞いた名だが、誰だったかな……」

「ほら、大泥棒ですよ」

「そうだったな。このところ名前を聞かなかったな」

「そうでしょう。五年前に札差の〈明石屋《あかしや》〉から千両を盗み出したあと、西国のほうに向かい、行方をくらましていたんです。その五年前に取り逃がしてしまったのが、森山さまでしたからね」

「そうだったのか」

　であれば、カリカリもするだろう。

「あ、そんな話をしている場合じゃありません。では」

たっぷり無駄話をしたあげくに、雨宮はあたふたと駆け出して行った。

桃太郎は後ろ姿を見送って、

「まずいな。だが、箱崎から始めるなら、新川まで行くにはまだかかるか」

と、中山たちに報せてやることにした。

二

桃子を珠子にもどすと、桃太郎は新川にある中山の隠れ家にやって来た。

酒問屋の酒蔵が並ぶ一角である。そのうちの南洲屋の酒蔵を借りているのだ。

桃太郎は注意深く周囲に気を配り、大丈夫と確信してからその酒蔵を訪ねた。

「これはこれは愛坂さま」

中山中山は、相変わらず暢気な顔で桃太郎に微笑みかけた。

「あんた、のんびりしている場合ではないぞ。じつはな……」

迫る危機を報せた。

「エレキテルで雷を？　そんな馬鹿な」

中山は朗らかに笑った。

「だが、多くの人間はそれを信じるぞ」

と、桃太郎は言った。エレキテルが妖術だと思う人間は少なくない。というより、そのほうが多いのである。

「大丈夫です。もうエレキテルはありませんよ。ほら」

と、中山は蔵のなかを見られるように、体をよけた。

「どうしたのだ？」

「分解して、処分しました」

「そこまでしたのか。せっかく造ったものを」

桃太郎は、それはやりすぎではないかと思った。あれは大発明かもしれないのだ。

「なあに、ちゃんと図面は残してありますから。また、いつだって造り直すことができますよ」

「そうか。それならいいのだが」

「だから、そんな嫌疑もかけられませんよ」

「馬鹿を申せ。あんたたちがいつ分解したかなんてことは言い訳にならないぞ。エレキテルは、すでに何人もの人たちに見られているんだからな」

「はあ」

「とにかく、ここからは退散することだ」

「どこに逃げましょう？」

「逃げるところがないのか？」

「そうだ。羽鳥さんが船を買いましてね。あれでしばらく海の上にでもいますか」

「それはいい」

そんな話をしているところに、ちょうど羽鳥六斎がやって来た。

中山から話を聞き、

「わかりました。いったん逃げましょう」

「船は近くにあるのか？」

「ほら、あれです」

と、羽鳥が指差したのは、こぶりの屋形船である。

かなりの襤褸船《ぼろぶね》で、修理で打ち付けたらしい板が、模様みたいになっている。

「すごいな」

桃太郎はあきれたように言ったのだが、

「じつは舎密《セイミ》の実験をすると、ひどい臭いが出たりするので、海のうえでやるために購入しておいたのです。あれでも十人くらいは乗れますので、沖で釣った魚でも食いながら、避難してますよ」

羽鳥は自慢げである。

まったく、この連中は浮世離れしているというか、暢気なものである。

だが、とりあえず一安心だった。

三

夜は珠子に〈百川〉のお座敷が入っていたので、桃太郎も桃子をおぶっていっしょに出かけ、例によって帳場の後ろの部屋で、うまい賄《まかな》い飯をごちそうになった。

女将にかまってもらいながらハイハイをしている桃子を、さりげなく見ていたが、立って歩くことはない。

——やはり、あれは気のせいだったのか。

そう思えてきた。

だいたいが、じいさんばあさんたちがよく、孫が歩いたといって大喜びしたりするが、他人が見るとあまり見栄えのいいものではない。猿だって立って歩くのだから、人間が歩くのは当然であって、だらしなく相好を崩すのはどんなものか。

——気をつけるようにしよう。

と、桃太郎は内心で言い聞かせた。

「そういえば愛坂さま」

と、女将が話しかけてきた。

「うむ」

「音羽屋花三郎がもどったそうですね」

「ああ、そうらしいな」

「この数日、うちのお客さんたちもその話でもちきりですよ。ここには間違いなく顔を出すはずだって」

「そうなのか？」

「ほら。花三郎は贅沢が好きで、うまいものには目がないというじゃないですか。ですから、江戸にもどったなら、必ずここにも来るはずだって」

「なるほど」

「そう思ったら、なんだか、怖いやら、気味悪いやらで」

「だが、なんで音羽屋と言われるんだ？」

桃太郎は訊いた。町方ではなかったので、有名な大泥棒でも、直接追いかけたことはない。旗本屋敷などが狙われれば別だが、花三郎は町人の、それも有名な老舗などを相手にしていた。

「いい男なんですよ」

「顔を見たのかい？」

「見た人はけっこういるみたいですよ」

「歌舞伎役者みたいなのか？」

「ええ。思わず、音羽屋と声をかけた人もいるんですって。しかも、盗み方が舞台の上のお芝居みたいに恰好がいいんだそうです」

「例えば？」

「五年前に蔵前《くらまえ》の札差の明石屋さんに盗みに入ったときは、逃亡する船の上から花火が上がったんですって」

「ほう」

「どういうんでしょうね？」

「派手好きというか、他人の注目を集めたいんだろうな」

「だったら、役者にでもなればよかったのに」

「そうだよな」

と、桃太郎はうなずいた。たしかにそうである。だが、役者には、なりたくてもなれないような、わけがあったのかもしれない。

「でも、そんなにいい男だったら、見た人は顔を忘れないから、捕まりそうなものですけどね」

と、女将は言った。

「まったくだ」

「でも、江戸のどこどこで見かけたとかいう話も出てこないみたいですよ」

「それもいい指摘だ」

「あら」

「そうか。もしかしたら、化粧でいい男になってるんじゃないのか？」

と、桃太郎は言った。

「化粧で？」

「ああ。だから、音羽屋などと声をかけたくなるのだし、盗みのほうも芝居がかったりするのだろう」

「なるほど、そうかもしれませんね」

と、女将は手を打った。

「花三郎には仲間はいないのかい？」

「いるみたいですよ。手妻小僧《てづまこぞう》という小柄で体の利く若いのと、小唄姐《こうたねえ》さんと呼ばれる女形《おやま》らしいのが」

「ほう」

そこへ珠子がお座敷を終えてもどって来た。

桃子はさっきまでハイハイしていたが、いつの間にか寝てしまっている。

「今日のお座敷は、札差の方たちの集まりで、音羽屋花三郎の噂でもちきりでしたよ」

珠子が言った。

挨拶に行くのに立ち上がった女将が、

「そうだろうね。皆さん、ご心配かい？」

と、訊いた。

「そりゃあ、もう。入られた明石屋さんに手口を詳しく聞いて、皆さん、厳重な警戒をされるみたいですよ」

「当然よね」

「でも、こういうことになるから、花三郎はもう、札差は狙わないのではとおっしゃる方もいらっしゃって」

珠子がそう言うと、

「わしもそんな気がするな」

と、桃太郎は言った。

四

帰り道——。

「愛坂さまに珠子姐さん」

と、声をかけてきたのは、前の長屋でいっしょだった棒手振りの伝次郎《でんじろう》だった。いまは、南町奉行筒井《つつい》和泉守《いずみのかみ》の密偵として働いている。

「あら、伝次郎さん。元気そうね」

珠子が言った。

「おかげさまで。桃子ちゃんも、ますます珠子姐さんに似てきましたね」

「伝次郎。どっちに駆り出されているのだ？」

桃太郎が訊いた。

「どっちと言いますと？」

「エレキテルで雷を落とした連中か？　それとも、音羽屋花三郎か？」

「うちのお奉行は、エレキテルにはたいして熱心じゃありませんで、あっしは音羽屋のほうを探ってます」

「だろうな」

「北の森山さまが、南の同心まで駆り出して、霊岸島をしらみつぶしに捜したのですが、結局、見つからなかったみたいですよ」

「ほう」

「まったく、あの方も意地になっているみたいですね」

「わしは、森山には目をつけられているのだ」

「ああ。わかります。あの人は、愛坂さまのようなお人は駄目でしょう。なにせ頑《かたく》なですからね」

「それに、わしはエレキテルを体験したが、あれは面白いものだったぞ」

「そうらしいですね。うちのお奉行も、あれは世の中の役にたつものかもしれないとおっしゃってました」

「わしもまったく同感だよ」

「愛坂さまも、音羽屋花三郎のことで、なにか勘づかれるようなことがあったら、ぜひ」

「うん。じつは花三郎にはちと、興味を持ち始めたのだ」

と、桃太郎は言った。

さっきからぼんやりとだが、音羽屋花三郎と金の鬼瓦をくっつけられないものかと考えていたのである。それでもって、森山平内に大恥をかかせ、与力の職から引退させられないかと。

「それはありがたいですよ」

「だったら、花三郎のことを詳しく教えてくれぬか？」

「あっしの知っていることでしたら、なんでも」

「手当たり次第に盗むわけではないのだろう？」

「まったく違います。念入りに準備をし、大金を盗みます。いままで、四度しか盗みを決行しておらず、その四度はどれも千両箱を持ち去っています」

「なるほど。その、四度の盗みというのは、五年前が蔵前の札差で明石屋だったんだよな。その前はどこが狙われたんだ？」

「ええ、順序はちっと忘れましたが、通二丁目の呉服屋〈黒木屋《くろきや》〉でしょ。芝《しば》の薬種問屋の〈瑞宝堂《ずいほうどう》〉でしょ。それと、上野山下《うえのやました》の茶問屋の〈伏見屋《ふしみや》〉です」

「ほう。やはり、同じ業種はないんだな」

「そうなんです。たまたまなのか、避けたのかはわかりませんが」

「わしは避けたのだと思うぞ」

「へえ」

「それで、盗み方が、なにやら芝居がかってたんだろう？」

「そうなんです。黒木屋のときは、なにやら三味線の音がうるさいくらいだったし、伏見屋のときは、ちょうど祭りの夜でした。それと、瑞宝堂のときは花吹雪が舞っているさなかのことだったといいます」

「ほう、面白いな」

「面白いですか？」

「ああ。盗人《ぬすっと》にも癖というのがあり、たいがいは同じ手口とか、似たところがある」

「でも、花三郎はバラバラですね」

「いや、バラバラに見えるが、よくよく見ると、癖が感じられるな」

「それはすごい」

「しかも、次の盗みも、もしかして推測できるかもしれぬ」

「ぜひ、推測してくださいまし」

そんなことを言っているうち、卯右衛門長屋に到着した。

珠子と眠ったままの桃子が家に入るのを見届けて、

「では、わしの部屋に来てくれ」

と、伝次郎を二階に上げた。


伝次郎と火鉢をあいだにおいて座り、茶椀酒を注いでやった。肴《さかな》は、火鉢であぶりながら食うスルメだけである。

「いやあ、これがあったら、なんにも要りませんよ」

伝次郎はうまそうに飲んでくれる。

「まずは、森山より先に音羽屋花三郎を見つけ出したいのさ」

と、桃太郎は言った。

「どうしてです？」

「そうすれば、森山平内に一泡吹かせることができるだろうからさ」

「いいですねえ。あの方がいなくなると、喜ぶ人は南にもいっぱいいますよ。あっしもぜひ、お手伝いさせてください」

「うむ。それで、まず、花三郎が次に狙う店だ」

「ええ」

「新川の酒問屋というのはどうだ？　酒問屋なら千両くらいの金は、つねづね資金として持っているのではないか」

「なるほど。臭いですね」

「あとは、景気がいいところでは、海産物問屋というのもあるかもしれぬ」

「ああ、そっちも臭いですね」

「だが、花三郎は見栄っ張りのところがある。スルメやコンブに囲まれた店と、酒樽の店とどっちに入る？」

「そりゃあ、酒樽ですね」

伝次郎は、スルメをかじりながら言った。

「だろう。もし、海産物問屋のほうだったら、しょうがない。わしの勘が外れたというだけのことだ」

「いや、あっしは愛坂さまの勘を信じますよ。いままでだって、ずいぶん見せてもらいましたし」

「うむ。それでは、新川界隈を探ろう。わしも手伝うさ」

「わかりました」

「それとな。花三郎は歌舞伎役者のようにいい男らしいが、わしは化粧をしているのではないかと睨んだのさ」

「化粧を？」

「だから夜でも目立つのさ」

「なるほど」

「だが、ずっとその顔では目立つし、逃亡するのにもまずいだろう。化粧をするにも落とすのにも湯屋は使うだろうと思ったのさ」

「盗みを終えるとすぐ、湯屋に入るんですか？」

「盗みは夜になってやるんだ。暗いとき、手ぬぐいでもかぶって、終い湯に飛び込めば、誰も気がつかないさ」

「ははあ」

「たぶん、やつらはいまも湯屋の近くにいる」

「そういえば」

と、伝次郎の顔が光ったようになった。

「なんだ？」

「黒木屋も明石屋も、あ、瑞宝堂も伏見屋も、すぐそばに湯屋がありましたよ」

「そうか」

「新川の酒問屋で、湯屋のそばということですね」

「うむ。狙いを絞っていこう。それとな、芝居がかったことをやるには、一発勝負は無理だ。なんらかの稽古をしているはずなんだ」

「ははあ」

「その稽古のようすを察知したら、もう確実だな」

桃太郎がそう言うと、

「凄い。捕まえられそうな気がしてきました」

「いや、まだわからぬ」

「いいえ、さすがは愛坂さまだ」

伝次郎は感心しきりだった。

五

新川の湯屋は、なんと中山中山たちが隠れていた南洲屋の二軒ほど手前にあった。ほかにも湯屋はあるが、酒問屋が並ぶ新川沿いからは、ちょっと遠くなる。

いま、中山たちは船のうえでほとぼりが冷めるのを待っているはずだが、隠れているあいだはこの湯屋にも来ていたのではないか。

「まさかな」

と、桃太郎はつぶやいた。

「え？」

いっしょに来ていた伝次郎が桃太郎を見た。

「いや、なんでもない」

ほかにも酒問屋は多い。南洲屋と決めつけるのは早い。

桃太郎は、坂本町から日に二度、この湯屋にわざわざ通うことにした。

なかなかいい湯屋である。

湯舟が広い。八丁堀あたりの湯屋よりも二回りほど広い。

これだと水の量が大変だろうが、掘り抜き井戸と、神田上水から汲んでくる水を合わせているという。

ここらの掘り抜き井戸は、海水交じりで塩辛いが、混ぜるのでほとんど真水に近いのだそうだ。

酒の町らしく、隣が立ち飲み屋になっている。風呂上がりに、きゅうっと一杯ひっかけていく者も多い。もっとも、桃太郎はそれどころではない。ゆっくり湯に浸かり、洗い場でほかの客を観察する。ただ、ここも混浴なので、女客に気を取られないようにする。

一人、女の掏りを見つけた。頭を洗っている隙に、かんざしや櫛を狙うのだ。伝次郎も気づいたが、こんなときなのでしらばくれるよう注意した。もしも、花三郎や仲間がいたら、変に鋭い客だと思われてしまう。

二、三日通ううち、困ったことに気がついた。

新川から坂本町まで帰るあいだに身体が冷えてしまう。

これは、由々しき問題である。冷えは、剣を遣うようなとき、重大な災いとなる。

通りに足袋屋があった。

なかをのぞくと、六十半ばくらいか、いかにも頑固そうなおやじが仕事をしている。

桃太郎は立ち寄ることにした。

「足袋をつくりたいんだがな」

「はい。足をはからせていただきましょう」

足を出し、測ってもらう。

「大きな足ですねえ」

「よく、馬鹿の大足と言われたよ」

「とんでもない。大きな足は転びにくいんです。歳を召されると、いいことずくめですよ」

なかなか口もうまい。

「それで、足袋の材質だがな」

「ええ。木綿《もめん》でしょ」

「木綿ではなく革でつくりたい」

じつは、いま、思いついた。これからは雪の日もあるかもしれない。革だったら、木綿より濡れにくいし、浸み込みにくいだろう。

「へえ、革で？　珍しいですね」

「できぬか？」

「できますとも。そりゃあ、革でつくったら暖かいでしょう」

「鹿の革がいいと聞くな。入手できるか？」

「大丈夫です。よく、なめしたやつを使いましょう」

「それで手覆《たおおい》（手袋）もつくれぬか？」

「つくれますとも。お武家さまは、弓をなさるのですね？」

「まあな」

「昔、ずいぶんつくりました。近頃はそういうのがつくれねえ職人もいますが、あっしはどんなものでもつくれますぜ」

「頼りになるな」

「では、手の採寸もさせてください」

「うむ」

桃太郎は手も大きい。それを指摘されると、いつも、「夏は団扇《うちわ》が要らないんだ」という冗談を言う。

「そうだ。赤ん坊の足袋もつくれるか？」

「赤ん坊の？」

「まだ、歩かないのだが、いつ歩き出してもおかしくない。冬は寒いだろうから、足袋を穿かせるといいかなと、いま、思った」

「旦那。あっしも注文は受けたほうが儲けにもなります」

「うむ」

なにを言い出すのか。

「ですが、赤ん坊の歩き始めというのは、指で踏ん張ったり、足の裏の感触を確かめたり、歩くために大事なことをいっぱい覚えていくんです。冷たいだろうと心配する気持ちはわかりますが、足袋なんざ穿かせないほうがいい。それが可愛い赤ん坊のためです」

「よくわかった」

桃太郎は、じじ馬鹿を大いに反省した。

六

ここの湯に通い始めて四日目の昼下がりである。

湯舟にたっぷり浸かったあと、桃太郎は洗い場で身体をこすりながら、

「伝次郎はまだ、ときどき湯に入るのが面倒だと思うだろう？」

と、訊いた。

「そうですね。疲れたときなんか、湯には入らねえで寝ちまうこともあります。とくに寒いときにはね」

「だろうな。だが、歳を取ると、とにかく湯に入りたいんだ。寒いときは、一日、三度入ってもいいくらいだ」

「そうなんですか」

「温泉もいいな」

桃太郎は本心から言った。湯屋も気持ちがいいが、やっぱりこんこんと溢れる温泉の気持ちよさは、比べものにならない。

「ああ、温泉はあっしも好きですよ」

「そうなのか」

「あっしは生まれは上総《かずさ》の山奥なんですが、近くで湯が湧きましてね。それが真っ黒い湯なんでさあ」

「真っ黒い湯？　そんなものがあるのか？」

「あるんです」

「わしは、雲仙《うんぜん》では真っ白い湯に浸かった。有馬は、黄金色《こがねいろ》の湯だった。どこだったか、緑色の湯もあった。だが、真っ黒い湯というのは経験がないな」

桃太郎がそう言ったときである。

「真っ黒い湯はありますぜ」

と、隣に来ていた客が言った。

ひどいガラガラ声である。風邪をひいているわけでもなさそうなので、これが地声なのだろう。

「ほう、そうかい」

「あれは傷にいいんでさあ」

「傷にな」

「旦那は、雲仙や有馬も入りましたか？」

「もう三十年も前のことだがな。そのときはどうでもよかったが、いまはまた入りたくてしょうがないよ」

「あっしは入って来ました」

と、男は自慢げに言った。

「ほう」

「九州はいい湯があります。太宰府《だざいふ》の近くの次田《つぎた》（二日市）というところの湯もいいですし、別府《べっぷ》も素晴らしい。それとだいぶ山奥ですが、天ヶ瀬《あませ》というところにもいい湯が湧いてます。そうそう、別府に近いほうですが、泡がいっぱいつく長湯というところもありますが、あれは素晴らしいですぜ」

「ずいぶん回ったんだな」

「まあね」

「もしかして、山師かい。それだけ温泉を回ってるってことは？」

「まあ、似たようなものですかね」

男はニヤリと笑った。

見ると、顔や身体は真っ黒である。日焼けというより地黒なのだろう。

「あれは、どこだったかな？」

と、男は向こう側の連れに声をかけた。

「え？」

「ほら、足元からふつふつと湯が湧き出していたところ」

「ああ、佐賀ですよ。古湯とか言いましたね」

連れは小柄な男だった。若く見えるが四十近いかもしれない。

「そうね、あそこは気持ちよかった。それと、海辺の湯」

連れがもう一人いて、そう言った。

撫で肩の、どことなくなよっとした感じの男だった。

「ああ、日向《ひゅうが》だったな。砂の蒸し風呂もあったな」

「あれも気持ちよかったですね」

「ほんと」

三人は、懐かしさに酔っているみたいだった。

「三人で回ったのか？」

桃太郎は訊いた。

「そうなんです。三人旅は喧嘩《けんか》になるとよく言いますが、あっしらはつねづね苦労をともにしているせいか、そういうことはなかったですね」

「羨ましいのう」

桃太郎は本気でそう言った。

ただし、温泉巡りは羨ましいが、湧き上がった疑念はまた別である。

桃太郎がもう一度湯舟に浸かると、伝次郎がわきに来て、

「愛坂さま、あいつらは？」

「ああ。音羽屋花三郎の一味だ。花三郎は、おそらくあのガラガラ声のため、役者になるのを諦めたのだろう」

「へえ」

「あいつらのあとをつけてくれ」

ろいと言っていた。


「おまかせを」

伝次郎は、嬉しそうに言った。そういえば、後をつける仕事がいちばんおもしろいと言っていた。


桃太郎は外で待つと冷えてしまうので、先に長屋にもどった。

伝次郎はそれほど待たずにやって来て、

「三人は近くの長屋にいます」

「そんなに近いか？」

「あいだに細い川がありますよね」

「うむ」

新川と並ぶように、酒問屋が荷物の揚げ降ろしをするための、幅三間ほどの運河がつくられている。

「それを挟んだ反対側です。南洲屋って酒問屋の真裏に当たります」

「南洲屋がのぞけるか？」

「ええ」

「やっぱりな」

桃太郎は顔をしかめた。予感は当たっていた。

「なんです？」

「南洲屋に間違いないだろう」

「知り合いかなにかで？」

「まあな」

さすがに、南洲屋が蘭学者を匿っていたことは言えない。

南洲屋は、あれだけの蘭学者の面倒を見てやれるくらいだから、当然、財力もある。千両箱の二つや三つはつねに蔵のなかにあるのではないか。音羽屋花三郎たちは、やはり目のつけどころもたしかなのだ。

「うーむ」

桃太郎は唸った。いろいろ考えなければならない。

まだ北条屋に潜んでいる文太に働いてもらい、桃太郎の手元にある金の鬼瓦をもう一度、利用したい。それで、北条屋と森山平内に一泡吹かせたい。

さらに、音羽屋花三郎の仕事も、成功させてはいけない。南洲屋に打ち明ければことは簡単だが、それでは花三郎一味に逃げられるだけかもしれない。

二つの仕事を一つにして、すべてうまく行くようにするには、どうしたらいいのか。こんな難問もいままで経験がない。

桃太郎が悩んでいるのを見て、

「愛坂さま。あっしにできることは？」

と、伝次郎は申し訳なさそうに訊いた。

「うん。いっぱい出てくるはずだ。もう少し待ってくれ」

「はい」

「まだ、動かぬはずだ。本番に向けた稽古をするか、よく見張ってくれ」

「今度は稽古なしってことはないですよね？」

「馬鹿を言え。あれだけ、目立ちたがりの集まりだ。やらないわけがない」

桃太郎は断言した。たぶん、いままで見たことがないような派手な趣向で現われるはずだった。

七

伝次郎がまだいるうち、下の朝比奈留三郎が顔を見せ、

「桃が湯に行っているあいだ、森山平内が珠子さんのところに来ていたぞ」

と、教えてくれた。

「森山が？」

なんのために来たのか。

気になったので、伝次郎を待たせたまま、珠子のところに行ってみた。

すると、蟹丸も来ていて、

「あ、愛坂さま」

と、なにか訴えたいような顔をした。

「森山が来ていたらしいな」

桃太郎は珠子に訊いた。

「ええ。たいしたことじゃありませんよ」

珠子がそう言うと、

「あいつ、ほんとに嫌なやつですよね」

蟹丸は憤慨した。

「どうしたのだ？」

「珠子姐さんに、愛坂さまのことを訊いてました」

「わしのことを？」

「そんなことは珠子に訊かなくても、目付の筋からいくらでも訊けるではないか」

「ここでは、毎日、なにをしているのかとか」

「孫の面倒を見ているだけなのにな」

桃太郎がそう言うと、猫で遊んでいた桃子が、ぱたぱたと這って来た。抱き上げて、すりすりしてやる。ここ二、三日は、新川の湯屋通いのせいで、あまり遊んでいない。

「それで、最後にこう訊いたんですよ」

蟹丸が言おうとすると、

「それはいいのよ、蟹丸」

珠子は止めた。

「でも」

「あれはね、そんなことないって知っていて訊いたの。つまんない嫌がらせ。怒らせようとしたのよ。あたしや、おじさまを」

「ははあ」

「どういう人物かとか」

桃太郎はうなずいた。

「わかったの、愛坂さま？」

蟹丸が訊いた。

「ああ。下司《げす》な男の言いそうなことだ。珠子はわしに面倒を見てもらっているのではないか？　とか、そんなようなことだろう」

「まあ」

当たったのだ。

「馬鹿馬鹿しくて、話にならぬ。なあ、珠子」

「ほんとですね」

珠子は微笑んでみせた。だが、怒りを押し殺しているのだ。

桃太郎は、桃子を畳に下ろし、珠子のほうへもどるように尻を押してから、

「だが、そういう下司なことをしてくるなら、わしもあいつの足元を探るか」

蟹丸の視線にうなずきながら、そう言ったのだった。

森山平内の身辺を探るよう、伝次郎に依頼した。

その翌日の昼下がりに、新川の湯屋に行ったときには、

「だいたい、わかりました」

と、伝次郎は言った。

「早いな」

「北にも友だちや知り合いはいますので」

「なるほど」

「森山家は代々の与力ですが、平内は十歳のとき、養子に入りました」

伝次郎は低い声で報告を始めた。

湯屋は空いていて、ほかには子どもを連れたおかみさんと、婆さんの二人連れがいるだけである。

「ふうむ」

「ただ、養子と言っても、父親は先代の森山平五郎《へいごろう》だったようです。本妻の子ではなく、外でつくった子というわけです」

「なるほど」

「母親は料理屋の仲居です」

「ほう」

もしかして、母は芸者かとちらりと思った。母への憎しみが、珠子に向かったのかもしれないと。だが、それは違ったらしい。

「平内も子どものころから町人の子として育ってました。そのころから目端の利く子供ではあったようです」

「だろうな」

「森山家に入ると、先代は平内を厳しく育てました。二十歳のとき、見習いとして奉行所に出仕するまで、それはもう近所でも同情されるくらいに、厳しいしつけをされたみたいです」

「なるほど」

「だが、その甲斐があって、平内は学問所でも優秀な成績を収め、剣の腕も道場ではいちばんというだけでなく、他流でも免許皆伝を授けられたそうです」

「なるほど」

「しかも、古流も学んでいて、それからなにやら秘剣と言われるほどの剣を編み出したのだそうです」

「どんな剣だ？」

桃太郎はかすれた声で訊いた。

「太刀筋はわかりませんが、秘剣の名は〈ぶんまわし〉というそうです」

「ぶんまわし？」

「想像がつきますか？」

「いや」

首を振った。それでも、名前がわかっただけでも助かる。太刀筋は想像できないが、ぶんまわしという言葉は聞いたことがある。どこで聞いたのか。

「いちばん異様なのは、家のなかでしょう」

と、伝次郎は言った。

「ほう」

「仕事ができる男ですから、奉行所の筋や方々から、娘をもらってくれという話がありましたが、すべて断わりつづけました。それで、町人の嫁をもらうのですが、一年ほど経つと、家から追い出してしまうのです。どうも、子どもができたとわかると、追い出すようです」

「生まれてもおらぬのにか？」

「ええ。できたとわかったところでです」

「どういうことなのだ？」

「わかりません。人の親にはなりたくないと、そう言ったこともあるそうです。

ただ、相応の金は持たせて追い出すので、女は店を持ったりして、育てるのに苦労はしていないようです」

「いままで何人の女がそんなことに？」

「五人です」

「なんと」

「そのために、いろいろ裏金は手に入れますが、贅沢な暮らしはしていません。皆、そっちのほうで消えるからだと言う者もいました」

「それは五人の女に店を持たしていたら、金はいくらあっても足りるまい。では、いまもそうした女が？」

「いまはいないそうです。金が貯まるまでかもしれません」

「ほんとに変なやつなのだな」

だが、これで配慮はなにもいらないとわかった。家族がいれば、露頭に迷わせるのも可哀そうだったりするが、遠慮なく八丁堀から追い出すことができるのである。

――手加減はいたさぬぞ。

これで、桃太郎の頭が回り始めた。

八

桃太郎は、鉄砲洲のあたりまで来て、船着き場を見たり、沖を眺めたりした。中山中山たちが乗っている艦褸船を探すためである。中山たちに金のありかなど、いくつか訊きたいことがあった。

――お、いたいた。

佃島《つくだじま》の横でゆらゆらと揺れている。乗っているのも暢気なら、船まで暢気そうである。

桃太郎は、近くの漁師に声をかけて小舟を借り、自ら漕いで、艦褸船のところまで行った。

「あ、愛坂さま」

釣り糸を垂らしていた羽鳥が気づいた。

「引き上げてくれ。訊きたいことがある」

手を伸ばして引き上げてもらい、すぐに南洲屋のことを羽鳥に告げた。

「南洲屋が狙われているですって?」

その声に中山中山たちも、桃太郎の周囲に集まった。

「ああ。しかも、音羽屋花三郎にな」

「大泥棒じゃないですか」

知らないやつはいないらしい。

「わしは毎日、いっしょに湯に入っている」

「湯に？」

「たぶん、あんたたちも入ったことがあると思うぞ」

「どういうことです？」

「花三郎は仲間二人といっしょに、南洲屋の二つ隣にある湯屋に、毎日、入りに来ているのだ。わしは、当たりをつけてそこに通ううち、見つけたのさ」

「どういうやつらです？」

「仲間は、小柄な若く見えるがたぶん四十くらいの男と、なよっとした女形ふうの男。そして花三郎は、色黒のちんまりした顔の男だよ」

「あ、いた」

と、中山が言った。

「わたしも見た」

　ほかの蘭学者も言った。

「だが、音羽屋花三郎は歌舞伎役者みたいにいい男だから、音羽屋の綽名《あだな》があるんでしょう？　あいつはそんなふうには見えなかったですよ」

　と、中山が言った。

「ああいう顔が、白塗りにして、眉を描き、目に隈を入れたりすると、映えるんだよ」

「そうかもしれないですね」

　と、羽鳥がうなずき、

「だが、愛坂さま。南洲屋に押し込むのは難しいと思いますよ」

「なぜだ？」

「金はわれわれが隠れていた酒蔵の、もう一つ母屋よりのほうの蔵に入れています。その蔵には、いつも三人いる番頭のうちの誰かが泊まり込むんです」

「ほう」

「その当番の番頭は、内側から頑丈な閂《かんぬき》をかけてますし、なにかあれば、なかに置いてある半鐘を鳴らします。これはわたしと中山さんとでつくってやったのですが、母屋と連動して鳴るようにしましたから、周辺に音が響き渡ります。すると、母屋にいる屈強な手代たちだけでなく、番屋からも人が駆けつけて来ます。いくら音羽屋花三郎でもあの蔵から盗み出すのは無理でしょう」

「なるほどな。それはいいことを聞いた。だが、あいつらもそのあたりはすでにわかっているはずだな」

「そうなので？」

「なにせ、川を挟んだすぐ裏の長屋を借りているので、毎日、遠眼鏡でも使って見張っているはずだからな」

「なんてこった」

中山が顔をしかめ、

「南洲屋さんには？」

と、羽鳥が訊いた。

「うむ。いまはまだ、やつらの手口を探っている。それがわかったら、策もいっしょに伝えるつもりだが」

「そうですか」

「それと、北町奉行所の森山平内にも教えてやろうと思っている」

「え？」

「もちろん、ほんとうのことは教えない。それで、あいつもいっしょに陥れ、今度こそ、あいつを与力の職から追い払ってやる。そうすれば、あんたたちをしつこく追い回すやつもいなくなる」

「そんなことできますか？」

中山が期待半分、諦め半分といった調子で訊いた。

「自信のないことはやらぬさ」

「へえ」

「そうだ。もう一つ、訊きたいことがあった。あんたたち、ぶんまわしというものを知らないか？」

「ぶんまわし？」

中山は首をかしげたが、

「ああ、それは絵図面を書くときなどに使うものですよ。何語かはわかりませんが、コンパスと言ったりします。二股になっていて、片方は針になっていて、もう片方には線を書けるものがついています。それで、針を立て、ぐるりと回すと、正確な円が書けるんです。絵師の葛飾北斎《かつしかほくさい》が、そのぶんまわしを使えば、いろんなものが描けるというようなことを書いてましたよ」

羽鳥がそう言った。

「あ、なるほどな。それはいいことを聞いた」

桃太郎は収穫に満足して、檻褸船から小舟へと降りた。

九

「愛坂さま」

伝次郎が駆け込んで来た。

まだ日が昇り始めたころで、桃太郎は、いまから魚市場に朝飯を食いに行こうと思っていたところだった。

「なにかあったか？」

「やつら、妙なことをはじめました。屋形船を二艘、借りたみたいなのですが、それを大川で横に並べましてね。屋根から屋根に飛び移る稽古をしてるんです」

「ほう」

「屋根の造りがやわなので、板を打ち付けたりもしています」

「稽古を始めたのだ」

「屋形船から蔵に飛び移るんですね？」

「そうだな。まだ、やっているか？」

「やってるでしょう」

「よし。わしも見に行こう」

新川ではなく、蠣殻河岸《かきがらがし》のほうにいるというので、そちらへ急いだ。ただ、腹が減っているので、残っていた干し柿を二つ、食べながら走った。

「あれです」

永久橋《えいきゆうばし》の上で立ち止まり、半町ほど先に並んだ屋形船を指差した。

これ以上近づくと、こっちの顔がわかってしまう。

「なるほど」

小柄な男は軽々飛び移る。あれが手妻小僧だろう。

色黒の音羽屋花三郎は、飛び移りはしたが、よろけて手妻小僧に支えられた。

女形ふうの小唄姐さんは、なかなか飛ばない。

だが、花三郎に叱咤《しった》されたらしく、意を決したように思い切って飛んだ。先に飛んでいた二人にぶつかり、三人は屋根から落ちそうになったが、どうにかしがみついた。

思わず噴き出した桃太郎だが、

「笑いごとではないな」

「熱心なものです。さっきは、花三郎は飛べませんでしたから」

「そうか」

やはり熱心に稽古をするのだ。悪事も善行も、稽古は大事なのである。

つづいて、なにか重そうな箱を、屋根の上から次の屋根の上へと手渡す稽古を始めた。それは、盗んだ千両箱を受け渡す稽古らしかった。

「うまくいったら、歌舞伎さながらですね」

伝次郎が感心したように言った。

「だが、あれだけでは蔵は破れぬ」

「そうなんですか？」

「蔵にはな……」

と、番頭が泊まり込んでいることを教えた。

「そうなのですか。よく調べましたね」

伝次郎は感心した。

「なあに、たまたま知り合いがいたのさ」

と、とぼけ、

「まだ、なにかあるはずだ」

桃太郎がそう言ったとき、花三郎が屋根から大川に転がり落ち、手妻小僧と小唄姐さんに急いで引き上げられた。

十

この日の晩も、珠子に百川のお座敷が入っていた。日本橋の売れっ子芸者を二人という注文で、蟹丸もいっしょということになったらしい。

桃太郎は今宵も桃子といっしょに百川に入った。女将にはそんなことは言えないが、桃太郎はここの賄い飯が、客に出される料理より、うまいと思っている。

今日は、サバの切り身を、とろとろにした卵とネギとにからめ、甘じょっぱく味付けしたものを、どんぶり飯にかけたものだった。じつにうまく、桃子にも食べさせると、女将がびっくりするくらいよく食べた。

お座敷の途中、珠子が抜け出して来て、

「おじじさま。変な客です」

と、告げた。

「どういう客だ？」

「三人連れです。色黒の漁師上がりみたいな人と、小柄な人、それに女形ふうの」

「音羽屋花三郎だ」

桃太郎がそう言うと、

「やっぱり」

と、珠子は言った。勘が働いたらしい。

わきで女将が、

「まあ」

と口をふさぎ、青くなった。

「とぼけていろいろ話をしてくれ」

桃太郎は珠子に頼んだ。そういう芸当ができる女である。

「わかりました」

珠子は急いでもどって行った。

次に珠子が来たのは、お座敷が終わったときだった。

女将が勘定をいただきに行くべきところだが、緊張して怪しまれかねないので、なにも知らない旦那のほうに行ってもらった。

三人は、料理にも芸者にも満足したらしく、いい機嫌で帰って行った。

「どうだった？」

と、桃太郎は珠子に訊いた。

「途中、小柄な男がいなくなったんです」

「手妻小僧がな」

「それで、女形ふうの男が窓を開けると、あ、赤い雪がって」

「赤い雪？」

「見ると、窓の向こうにほんとに赤い雪が降ってるんです」

「ほう」

「きれいでしたよ、愛坂さま」

うっとりしたように蟹丸が言った。

「ええ。ほんとの雪みたいに」

珠子もうなずいた。

まだ、残っているかと見に行くことにした。

花三郎たちがいた座敷の真下は中庭である。小さな池のわきに、うっすらと赤い雪が積もっていた。もちろん、ほんとうの雪ではない。

桃太郎はそれをつまみ、

「なるほど」

と、感心した。赤く色をつけた綿だった。小さく千切ってあって、つまんで上から落とすと、まさに雪のように舞い下りる。

「よくできている。ほんとに赤い雪のようだな」

「ええ。歌舞伎の舞台でも、これを使えばいいのに」

「これですべてわかった」

と、桃太郎は言った。

「なにがです？」

珠子が訊いた。

「今回の音羽屋たちの盗みの手口だよ」

「ああ、やっぱり愛坂さまはすごぉーい」

蟹丸が濡れたような目で桃太郎を見て言った。

翌日――。

桃太郎が新川の湯で身体を洗っていると、

「なんでも上野のほうで、赤い雪が降ったらしいぜ」

花三郎が、ガラガラ声で話していた。

「赤い雪？　そんな馬鹿な」

と言ったのは、手妻小僧である。

「いや、ほんとだって。なにか大事が起きるんじゃないかと心配しているらしい」

「でも、きれいでしょうねえ。赤い雪が降ったら」

と、小唄姐さんが言った。

桃太郎は、笑いを嚙み殺している。

三人の隣には、南洲屋の番頭がいた。

番頭は話には加わらなかったが、いかにも興味津々で耳を傾けていた。

番頭と、花三郎の三人組が出て行ったあと、伝次郎がそばに来て、

「番頭は聞いてましたね」

「ああ。あれで、赤い雪が降っているという声を聞くと、番頭は確かめるため、蔵の窓を開けるだろう」

と、言った。

「そこへ花三郎たちが飛び込むわけですね」

「そういうことだ。これで、やつらの魂胆はすべてわかった」

「いつ、やるのでしょう？」

「明日の夜だよ。あの番頭が泊まり込むのは明日のはずだ」

「忙しくなりますね」

「ああ。いろいろ動いておかないとな」

この日から次の日にかけ、桃太郎と伝次郎はあちらこちらに動き回った。

ようやく準備万端整ったのは、次の日の夕刻だった。

十一

北町奉行所の与力である森山平内は、耳よりな話を聞いた。

「音羽屋花三郎が、新川の酒問屋を襲います」

というものである。

伝えたのは、以前から使ってきた岡っ引きの万蔵《まんぞう》という男だが、万蔵はそれを、南町奉行筒井和泉守の直属の手下である伝次郎という者から聞いたという。であれば、かなり確実な話である。

「酒問屋はずいぶんあるぞ」

と、森山は言った。

「沢鶴屋《さわづるや》だそうです」

「ああ、伏見から来ている大きな酒問屋だ。あそこなら、蔵に千両箱は山積みになっているだろうな」

「花三郎は、あらたに雇った子分を引き連れ、いっきに寝込みを襲うつもりらしいです」

「ほう。だが、ぞろぞろ歩けば目立つだろうが」

森山は、その話に少し疑念を抱いたようだった。

「蔵の目印として、沢鶴屋の屋根に金の鬼瓦を飾るらしいんです」

「なんだと」

「どうも、北条屋からあれを盗み出したやつは、花三郎の一味だったみたいです」

「なんてことだ」

だが、その金の鬼瓦が確認できれば、この話はもう疑いようがない。

「しかも、決行は今宵」

「今宵だと」

もう薄暗くなってきている。

大至急、集められるだけの同心や中間、岡っ引きたちを動員し、なんとか三十人ほどの頭数を揃えた。急遽、それだけ集められるのはさすがである。

「よし、急げ」

森山平内は、南洲屋ではなく、四、五軒分ほど離れたところにある酒問屋の沢鶴屋にやって来た。沢鶴屋はすでに板戸も閉じられ、いまは静まり返っている。

そして、騒ぎが始まった。

「がんどうで照らせ」

森山が声を押し殺しながら、一同に命じた。

百匁のろうそくを使った多くのがんどうが、いっせいに沢鶴屋の屋根に向けられた。

「あった！」

光に当てられ、黄金の鬼瓦がぎらぎらと光った。それは、下にいる町方たちを睨みつけ、咆えているみたいだった。

「間違いない。やつらはやって来る。よし、わしらはなかで待ち伏せよう。わしらがここにいては、連中も計画を中止してしまう。あるじに話をつけて来い」

と、森山は子飼いの同心に命じた。

「あの鬼瓦はどうします、森山さま？」

「やつらが来る前に外しておくか」

「では、登らせましょう」

「待て、待て。やつらは、目印にするだけでなく、それを持ち去るはずだ」

「たしかに」

「五人ほど、屋根の上に潜んでおれ。取りに来たところを捕縛するのだ」

「わかりました」

「今宵こそ、あやつの息の根を止めてやるわ」

森山は息まいた。

それからほどなくして——。

南洲屋の後ろを流れる細い川に、遡って来た屋形船が、二艘並んだ。船を操ったのは手妻小僧だけである。

すると、向こうの長屋から男が二人現われて、梯子を使って最初の屋形船の屋根に乗り、次の船には屋根から屋根へ飛び移った。

この前、桃太郎が見たときより、はるかに上手になっていた。

酒蔵の裏あたりで、

「赤い雪だ。赤い雪が降ってきたぞ！」

という驚きに満ちた声がした。

酒蔵のなかにいた今夜の当番である番頭は、すでに二階に敷かれた蒲団のなかにいて、春本《しゅんぽん》など見ながらにんまりしていたが、

「赤い雪だって？」

と、起き上がり、鉄製の重い窓を開けて、外を見た。

すると、驚いたことに本当に赤い雪が降っているではないか。

「ほう、きれいなものだなあ」

歌舞伎の舞台を見るような、怪しいほどの美しさだった。

そのとき、突如、上から出現した男に頭を殴られ、番頭はたちまち気を失った
――かに見えた。

じつはこの番頭、頭には細工を施したかつらをかぶっており、気を失ったかに見えたのは芝居だった。あとは、主人に命じられた通り、気を失ったふりをしながら、一部始終を見守るばかりだった。

このときの、

「赤い雪だ」

と騒ぐ声は、四、五軒分ほど離れた沢鶴屋にいる森山平内にも聞こえていた。

「森山さま。向こうで赤い雪が降っていると騒いでいますが、見てきましょうか？」

同心が訊いた。

「ふん。くだらぬ悪戯をして喜んでいる馬鹿がいるのだ。いま出たら、近くに来ているはずの花三郎一味にも、われらがいるのがばれてしまうわ。そんなことよ

り、しっかり見張れ！」

　森山は叱りつけた。


　南洲屋の蔵に入り込んだ花三郎一味は、すばやく千両箱を抱え、窓から外に出た。千両箱は一つの予定だったが、ふと、盗みはこれで最後にしようと思い立ち、二つ盗み去ることにした。重さは倍になるが、どうせここからは船で品川《しながわ》まで逃げるのである。

「行くぞ」

　花三郎は言った。

「へい」

「赤い雪をもっと撒いておけ。役人どもが、一目見たとき、きれいだと思ってしまうくらいにな」

「がってんだ」

　手妻小僧は、あたり一面にそれを撒き散らした。

　それから三人は、屋形船の片方に乗り込み、大川へと漕ぎ出した。小唄姐さんは、持ち込んであった三味線をつまびいたりして、ちょっとした冬の船遊び気分になっていた。

だが、大川への出口のところには、南町奉行の筒井和泉守が率いた、百人ほどの捕り方が、いまや遅しと待ち構えているのを、三人は予想することもできなかった。


森山平内たちが、あまりにも遅い花三郎一味の襲撃を待ちきれず、のそのそと姿を現わしたのは、それから一刻（約二時間）ほどしてからだった。

すでに、近所では捕縛が終わった音羽屋花三郎一味のことが噂になっていた。

「え？」

森山は、なんのことかわからなかった。

だが、近くの番屋に行き、ようやく今宵、すぐ近所の南洲屋で起きたできごとを知ったのだった。

「わしはたぶらかされたのか……」

しかも、沢鶴屋の屋根にあった黄金の鬼瓦は、金箔を貼り付けただけの贋物だった。

本物は文太の手で、元の持ち主である北条屋の屋根の上にもどされていた。

しかも、それには、

「たっぷりいただいた賄賂のお礼に、これはお返しします。　北町奉行所与力森山平内」

と書かれた垂れ幕がくくり付けてあった。

森山平内の間抜けなしくじりが明らかになり、江戸中に瓦版が飛び交った。それには、森山の背後にいる幕府の重鎮を匂わす記事もあったりした。

むろん森山は、町方の与力としてやっていけない。

それどころか、森山を可愛がってきた老中の日野日向守《ひのひゅうがのかみ》も、いきなり保身に走り、森山を激怒するという方針に変わった。

「馘《くび》だ。森山家などつぶしてしまえ！」

代々、与力を務めてきた森山家は、その一言で取りつぶされた。

十二

朝から降り出した雪は、もちろん赤い雪ではなく、大粒の、いかにも積もりやすそうな軽い雪だった。

雪は何度か熄《や》むときもあったのだが、夕刻になると、ますます激しくなり、あたり一面を白色で覆いつくしていた。

今宵は新川ではなく、青物町《あおものちよう》の湯屋からもどった桃太郎が、海賊橋にさしかかると、

「愛坂桃太郎」

と、声がかかった。

桃太郎は傘は差していない。さらさらした雪なので、頭に手ぬぐいをかぶっているだけである。

その手ぬぐいを取り、はたはたとはたきながら前を見ると、森山平内が立っていた。

橋のわきには常夜灯があるので、雪が降りしきるなかでも、憤怒《ふんぬ》の形相はわかった。

「なんだ、森山平内どのではないか。どうなさった？」

桃太郎の問いには答えず、

「きさまのような悪いやつには初めて会ったわ」

と、森山は吐き捨てるように言った。

「なにが？」

「しらばくれるな。すべて、きさまが仕組んだのだろう。音羽屋のことも、鬼瓦のことも、そしてわしを陥れた」

「はて、なにを言っておるのか」

桃太郎がとぼけると、

「ふざけるな！　ぜんぶわかったんだ！　この悪党じじい！」

と、凄まじい声でわめいた。

「悪党とか、あんたに言われたくないな」

「わしのどこが悪い。わしぐらい誠実に、真剣に、幕府のために働いてきた男がいるものか」

「なるほどな」

この男はつねにそういうつもりだった。

だからこそ、性質《たち》が悪いのだ。

「きさまのような、裏表だらけのじじいは、この世に必要ではない」

「そういう意見もあるのは承知しているがな」

桃太郎は微笑んだ。

それでなおさら、森山は激昂《げっこう》したらしい。

森山は刀を抜いた。

むろん、素手である。その手にも雪が落ちている。

――冷たくはないのだろうか。

桃太郎は感心した。

だが、冷たいはずである。ただし、怒りで血が全身を駆け巡っており、その熱が雪の冷たさを感じさせないのだろう。

桃太郎はふたたび袂《たもと》に入れていた両手をゆっくり出した。その手は、鹿の革でつくった柔らかい手袋で覆われていた。あの頑固おやじが、わずかな隙間もないくらいに、ぴったり合わせてくれた手袋である。湯上りの余熱すら残っていた。

桃太郎も剣を抜き、右八相に構えた。

わずかに右へ動いた。

雪のため、足駄《あしだ》を履いている。その歯と歯のあいだに雪が詰まり、踏ん張りにくくなっている。

桃太郎は、足駄を蹴るように脱いだ。

それは飛んで、森山の顔を襲った。

森山は、刀を振るった。

足駄が真っ二つに斬られて落ちた。

桃太郎は、もう一つの足駄も蹴り、森山の顔に向かって飛ばした。

それも苦もなく、断ち切られた。見事な斬り口だった。

「やるな」

「きさまもこの足駄と同じようにしてやる」

森山もそう言って、足駄を脱いだ。

同じように足駄を脱いだが、二人はまるで違う。桃太郎は暖かい鹿革の足袋を穿いている。森山は裸足である。

「裸足か」

と、桃太郎は言った。

「それがどうした？」

「冷たかろう。だが、秘剣のためには致し方ないか」

「なに？」

「秘剣ぶんまわし。見せていただきたいものだな」

桃太郎はそう言って、右の八相から、腰を落とし、下段へと構えを変えた。

「おのれ、じじい」

森山は突進して来た。

桃太郎はその動きを冷静に見つめた。

左足を軸に森山は回った。

同時に凄まじい剣風が吹いた。


剣風は吹き過ぎた。

桃太郎は立っている。

太刀筋を過《あやま》たず見極め、横を向いたとき、その胴を払った。完全に見極められたのは、冷たさのせいで、いくらか回転が遅くなっていたせいもあっただろう。

斬ってはいない。峰打ちである。

「ううっ」

森山は激しい痛みに呻いた。

命は無闇に奪うものではない。慈悲がなければならない。

だが、桃太郎の慈悲の念が、怒りに狂った男には通じない。

「まだだ」

と、森山は言った。

「もう、よせ。わしはこの雪を血で穢したくない」

桃太郎は息が切れているのを隠すため、ゆっくりした口調で言った。

たったあれだけの動きでも、座り込みたいくらい疲労困憊している。根を詰めた一撃は、老いた身には疲れるのである。これ以上はとても動けそうもない。

「ふざけるな。きさまに負けたら、あのエレキテルなどという妖術遣いどもをのさばらせることになる」

「エレキテルは妖術などではないぞ」

「妖術だ。あの雷が証拠だ」

「そなた、本気で信じていたのか。連中を陥れるための方便ではなかったのか？」

桃太郎はあきれて訊いた。

「当たり前だ。でなければ、冬に雷など落ちるか。じっさい、あのあとすぐ晴れたではないか」

「そなた、いままで空を見ることが少な過ぎたようだな。空を見ろ。人の上に立ったような気になって、下の人間ばかり見ているつもりで生きてきたから、そんなこともわからないのだ。あんな天候はけっして珍しいものではないぞ」

「黙れ、じじいの説教は聞きたくないわ」
森山はそう言って、剣を真上に構えた。
秘剣ではない。今度は、真っ向から振り下ろしてくるつもりなのだ。むしろ、
秘剣より、正統派の剣のほうがいけない。
「待て、待て」
まだ早い。もう少し休ませてもらいたい。
だが、森山は剣を振り上げたまま、突進して来ようとした。
そのとき——。
雪雲のあいだから、強烈な陽が射した。
いや、それは陽ではなかった。
光の玉が降って来た。
ドーン。
と、地響きがした。
森山の顔が光に包まれたまま驚愕するのが見えた。
雷が落ちたのだ。さすがに桃太郎も、これには驚いた。
「ほらな。冬の雷だろ」

しかし、その言葉が聞こえたかどうか。

森山平内はゆっくり、あおむけに倒れこんで行った。

十三

朝起きると、よく晴れていた。

窓の外は見事なほどの雪景色である。前の屋根の雪の量からして、膝の上くらいは積もったのではないか。

まもなく住人たちが、雪かきで動き出すだろう。

——そうだ。

桃太郎はその前にやるべきことを思いついた。

しばらくして、

「あらあら、おじじさまが雪だるまを」

珠子がはしゃいだような声で言った。

「疲れたよ」

桃太郎は汗びっしょりである。

「桃子。雪だるまよ」

桃子は縁側のほうで摑まり立ちしていたが、そこからでも雪だるまが見えたらしい。

パッと顔を輝かせたと思いきや、
トットットッ。

なんと珠子がいる玄関口まで歩いて来たではないか。

「あ」

「え?」

桃太郎と珠子の顔が、朝の雪のように輝いた。

「桃子が歩いた」

「すごい。いきなり、こんなに歩いたなんて」

「ああ、桃子、歩いたのか。たいしたもんだなあ」

桃太郎は、たかだか歩けたくらいで大騒ぎするのはみっともないと思っていたはずなのに、

「桃子、すごい。いやあ、お前は、たいした大物だ」

と、傍目にもあきれるほど、大喜びしていたのだった。

この作品は双葉文庫のために書き下ろされました。

双葉文庫

か-29-38

わるじい慈剣帖《じけんちょう》（五）

あるいたぞ

2021年2月13日　第1刷発行

【著者】
風野真知雄《かぜのまちお》

【発行者】
箕浦克史
【発行所】
株式会社双葉社
〒162-8540 東京都新宿区東五軒町3番28号
［電話］03-5261-4818(営業)　03-5261-4833(編集)
www.futabasha.co.jp(双葉社の書籍・コミックが買えます)
【印刷所】
中央精版印刷株式会社
【製本所】
中央精版印刷株式会社

【フォーマット・デザイン】
日下潤一

ISBN978-4-575-67038-7 C0193
Printed in Japan